KB007626

한번 까불어 보겠습니다

어차피 나의 맞지 않는 세상에 나답게 살기!

김종현

드디어 올 것이 왔다!

'퇴근길 책 한잔'이라는 작은 독립책방을 운영하며 '자발적 거지로' 살게 된 지 어언 3년, 어차피 부자 되기는 틀린 세상 제멋대로라도 살아보자고 작정하고 산 시간이다. 그동안 나는 다양한 즐거움과 경험, 여유로운 시간과 자유, 무엇보다도 마음 맞는 소중한 사람들을 얻게 되었고, 적은 수입 또한 함께 얻었다. 대단하진 않아도 제멋대로 사는 모습이 흥미로웠는지 생각보다 많은 사람들이 SNS나 기사 등을 통해 나와 우리 책방의 소식에 관심을 가져주었고 다행히도 (혹은 불행히도) 나는 여전히 책방을 운영하며 자발적 거지로 살아가고 있다. 돈! 돈! 돈! 하는 세상에서 도대체 넌 어떻게 사는 것이냐, 하는 물음으로 찾아오는 기자들도 있었고 또 강연에 불려나가는 경우도 있었다. 그러면서 '이거 이러다가 조만간 책 한번 쓰겠는데?' 하는 생각이 들 즈음 (나는 이런 촉이 제법 좋은 편이다) 아니나 다를까 출판사에서 책을 써보자는 제안이 왔다.

드디어, 올 것이 온 것이다.

이 책은 최대한 솔직하게 썼다. 애초에 책방을 연 것도, 자발적 거지라는 이름으로 살고자 한 것도, 다 시키는 대로만 하라는 세상의 얄궂은 억압이 싫어서가 아니었던가. 좋은 사람이 되어야 하고, 착한 딸 착한 아들이 되어야 하기에 하고 싶은 말도 못하고 재미없어도 웃어야 했다. 이제는 그냥 하고 싶은 말을 하고 느끼는 대로 표현하고 안 웃기면 웃지 않기로 했다. 이 책도 그렇게 썼다. 그저 한 사람의 생각일 뿐, 이것이 옳고 그름의 잣대로 판단되지 않기를 바라며 나답게 썼다.

이 책은 물음이 거세된 사회에 던지는 또하나의 물음이다. 마음속에 차오르는 물음을 꾹꾹 눌러 참아내기만 하던 착한 당신을 위한 마중물이기도 하다. 이 마중물로 인해 참아왔던 물음들이 터지면서 당신의 마음속에 자신도 모르던 당신의 색깔들이 번져오르기를 기대한다. 그 벅차오름을 느낄 수 있기를.

남의 말을 잘 들으면 '착하다'고 하고, 내 멋대로 하면 '너답다'는 말을 한다. 착하다는 소리 듣기를 포기하고 사는 나의 이야기를 책으로 담아내자고 제안한 달 출판사의 혜안에 깊이 감탄하며 책을 써보자고 직접 우리 책방에 찾아온 이병률 시인의 선견지명에 찬사를 보낸다. (다른 출판사들, 달 출판사의 기획력에 무릎을 탁

치고 아쉬움에 주먹을 부르르 떨어도 별수없음! 이미 늦었어!)

　멋지고 폼나지 않더라도 '착한 책'이 아니라 '나다운 책'을 쓰
고자 노력했다. 이제 책도 마무리되었으니 소주 한잔하러 가야
겠다(라고 무지 고생한 것처럼 썼지만 사실 별로 힘들게 쓰진 않았다).

　　　　　　　　　　　　'퇴근길 책 한잔'에서

　　　　　　　　　　　　　　김종현

더이상 속지 않겠다

📖

마포구 염리동, 재개발이 한창인 오래된 골목에 뜬금없이 작은 책방이 하나 자리하고 있다. 이름은 '퇴근길 책 한잔'. 해마다 독서 인구는 줄어만 가고 대형서점도 운영이 어렵다는 마당에 10평 남짓한 작은 책방이라니. 게다가 베스트셀러는 있지도 않고 독립출판물만 파는 곳이라니. 편의점도 24시간 주말 없이 여는 시대에 일주일에 사흘은 쉬고 하루에 고작 대여섯 시간만 열어두는 가게라니. 그것도 주인장의 마음에 따라 열고 닫는 가게라니. 그렇다. 바로 이곳이 내가 운영하는 책방이다.

더 열심히 일하고 밤잠 줄여서 공부해야 하는 치열한 경쟁사회에서 언뜻 이해가 잘 안 가는 이런 공간을 내가 운영하게 된 데에는 나에 대한 이야기가 조금 필요할 것 같다.

나는 남과 크게 다를 것 없는 학창 시절을 보냈다. 왜냐고 묻는다면 딱히 답은 못하겠지만 왠지 시험을 잘 봐야 할 것 같았고 좋은 학교에 들어가야 할 것 같았다. 물론 어려서도 반골 기질이 있긴 했지만 크게 반항 없이 주어진 선택 안에서 탈없이 자랐다. 그래서 소위 남들이 좋다는 학교의 졸업장도 갖게 되었고 대기업(도대체 저 '대'자는 왜 붙이는 건지 모르겠지만)에 취업도 했다.

그런데 문제는 이때부터. 어딘지 찜찜한 기분을 억누르며 '그래도 이게 맞는 거겠지', '가라는 대로 가면 뭐가 있겠지' 하던 내 안의 의문이 어느샌가 '뭐야, 아무것도 없잖아', '속았네, 속았어'라는 확신으로 돌아선 것이다. 시키는 대로 해서 심지어는 그 잘난 경쟁에서 이겨 자리를 차지했는데 알고 보니 그게 결국 '사회의 기득권 구조를 공고히 하는 일이었구나' 하는 생각이 들어 더 기분이 나빴다. 열심히 일해서 (나도 월급을 받긴 하지만) 누군가의 뱃속만 채워주는 것 같은 기분, 시키는 대로 했더니 결국 내 주변의 사람들(부모 등)만 좋은 일을 한 것 같은 느낌이 들었다.

좋다! 차라리 그렇게 시키는 대로 해서라도 돈도 많이 벌고 (뭐, 한 1년에 100억씩!) 시간도 자유롭게 쓴다면 인정하겠다. 그런데 그런 것도 아니고 주변에서는 "좋은 직장 다니니 좋지?", "이런 아들 둬서 너희 부모는 얼마나 좋으니?"라고 하는데 별로 좋지도 않았다. 이런 경험들이 쌓이고 쌓여 어느 순간 '말 잘 들으면 행복해질 거다', '시키는 대로 하면 뭐가 있을 것이다' 같은 일말의 기대를 하지 않기로 결심했다. 마음속에서부터 터져나오는

물음을 참지 않기로 했다. '시키는 대로 했더니 까짓껏 좋을 것
도 없구먼! 부자 되지도 않는구먼! 그래, 그럼 이제부터라도 마
음대로 살지, 뭐.'

나의 제멋대로 라이프는 이렇게 시작되었다.

책방, 일단 열고 보자

제멋대로 살겠다고 결심했지만 막상 책방을 열기로 마음먹기까지 꽤 오랜 시간이 걸렸다. 대학을 졸업하고 2년간의 직장생활 후, 4년 정도 사업을 했었다. 그렇게 사업을 한창 하던 시기에 갑자기 찾아온 무기력증으로 인해 잘하고 있던 사업마저 정리하고 훌쩍 유럽으로 여행을 떠났더랬다. 그곳에서 딱히 계획도 없이 온몸으로 무기력증을 받아내며 시간을 보냈다.

한국에 돌아와서도 이 무기력증은 꽤 오랜 시간 내 몸을 떠나지 않았다. 어쩌면 무기력증은 몸이 아니라 내 마음속에 이토록 오랜 시간 들어앉아 있었는지도 모른다. 하루에 열두 시간씩 잠을 자고, 어떤 날은 집밖에 나가지도 않고, 대낮에 혼자 필름포럼 같은 독립영화관에서 영화도 보고, 이런저런 모임에도 기웃댔다. 음악도 슬렁슬렁 배우고 글도 대충 끄적였다. 뭐든 열심히 하지 않았다. 몇 해 전 유행하던 말로 제대로 '미생'이었다. 다만 차이가 있다면 자발적 미생이랄까?

1년 동안 그렇게 미생의 삶을 보내고 나니 다시는 없을 것 같던 의욕 같은 것이 생겨났다. '무언가 재미있는 것, 신나는 것, 그리고 함께할 수 있는 것을 해보자.' 그러고는 떠올린 것이 '작은 공간'이었다. 거창하지 않고 작지만 사람들과 소통할 수 있는 진솔한 공간을 만들어보고 싶어졌다. 다들 '돈, 돈, 돈', '성공, 성공, 성공', '우리 아들, 우리 아들, 우리 아들' 하는 세상에서 '이건 아니잖아?' 하고 고개 갸웃하는 사람들과 이야기 나누어보고 싶었다. 우리가 사는 세상이 아직 그 정도는 아니라고 서로 확인하고 싶었다. 그리고 그 안에서 나의 역할도 찾을 수 있지 않을까 싶었다(는 좀 거창하고, 그냥 한번 해보고 싶었다).

그렇게 공간을 열기로 마음먹은 후에 한번 정하면 확 질러버리는 성격답게 그날부터 부동산을 알아보기 시작했다. 상권을 분석하고 요즘 뜨는 동네를 찾아보는 방식이 아니라 서울 구석구석을 직접 걸어다니다가 마음에 드는 골목이 있으면 근처 부동산에 불쑥 들어가서 "여기 가게 자리 있어요?" 하고 물어보는 식이었다. 3층짜리 건물을 다 쓰는 대형 갈빗집을 차릴 게 아니었으니까 상권이니 유동인구니 하는 것들은 내게 중요치 않았다. 당시에 좀 뜬다던 경리단길이니, 가로수길이니, 상수동이니, 모두 가보았는데 마뜩잖았다.

그러다가 우연히 이대역 뒤쪽 골목을 걷는데 어딘지 마음에 들었다. 바로 근처 부동산에 들어가서 권리금 안 붙어 있는 제일 싼 곳을 일러달라고 했다. 그리고 보게 된 곳은 에어컨 수리 가게였는데 보자마자 마음에 들었다. '바로, 여기다.'

며칠 더 자리를 알아보다가 여기보다 마음에 드는 곳이 없어 계약을 했다. 공간을 열기로 마음먹고 일주일 만에 계약 완료. 그리고 곧장 입주했다.

일단 질러놓고 보니 무기력했던 그전과는 다르게 기대와 걱정이 자극제가 되어 나를 묘하게 흥분시켰다. '그래, 역시 일은 질러야 돼. 하다보면 뭐라도 되겠지.' 훗날 뭐가 될지 모를 공간에 그렇게 혼자 덩그러니 놓여졌다.

내 멋대로 만든 공간

호기 좋게 시작은 했지만 막상 부동산 계약을 하고 난 다음날부터 뭘 해야 할지 감이 오지 않았다. 내가 계약하기 전 이 공간은 에어컨 수리가게였다. 계약을 하기 전 공간을 보러 왔을 때도 빼곡한 에어컨들 때문에 대체 공간이 어떻게 생겼는지 감이 잘 오지 않았었다. 에어컨과 짐들을 다 빼고 보니 제법 널찍한 공간이었고, 중간에 기둥도 없었으며, 무엇보다 좋았던 것은 높은 천장이었다. 키가 높은 에어컨들을 세워놓아야 하니 천장을 텄다고 들었다. 안 그래도 높은 천장(혹은 노출 천장이라고도 하던가)을 원했는데 미리 공사가 되어 있으니 비용은 좀 굳겠구나 싶었다. 게다가 딱히 필요는 없지만 전기설비도 확장되어 있었다. 아무래도 에어컨들을 수리하려면 전기가 많이 필요할 테니까. 작은 공간이었지만 나름 화장실도 하나 딸려 있었고, 에어컨 수리가게 전에는 오랜 기간 세탁소가 자리했던 곳이라 수도며 바닥 방수처리며 필요한 것들은 제법 갖추어져 있었다.

우선 급한 대로 낡은 의자를 하나 주워다가 놓았다. 그 의자에 앉아 하루종일 이런 생각 저런 생각을 하며 빈 공간을 채워나갔다. 그게 2015년 3월 9일, 막 겨울이 지나고 봄이 찾아오던 시기였다.

참고로 이 시기는 내가 하던 사업을 그만두고 한창 백수로 지내던 때였다. 종일 늦잠을 자기도 하고, 어떤 날은 새벽같이 나가 도서관이며 전시회며 둘러보기도 했다. 밤새 술을 마시기도 하고, 산책하다가 벌러덩 누워 낮잠을 자기도 했다. 우리 부모는 내가 무얼 하는지 묻지를 않는데 (어차피 물어도 내가 대답을 안 하니까!) 아마도 이때쯤 '이 녀석이 뭔가를 꾸미는구나' 하고 생각하지 않았을까 싶다. 매일 시간 맞춰 외출을 하고 느지막이 들어오기 시작했으니까. 그리고 아마 눈빛에도 생기가 더 돌았겠지.

우리 부모 이야기를 조금 더 하면, 어린시절부터 나와 형을 무지 자율적으로 키웠다. 특히 우리 어머니의 경우, 나에게 '무엇해라'라고 명령어를 한 번도 사용하지 않았다. 시험기간에도 공부하란 말을 한 적 없었고 성적표를 가지고 오면 보지도 않고 무조건 '잘했다. 고생했으니 맛있는 거 먹자'라는 식이었다. 점수가 오르고 떨어지는 것 따위는 신경쓰지 않았다. 내가 수능을 보고 어느 대학에 갈지 고민할 때도 부모는 단 한마디 조언이나 의견을 주지 않았고 나는 내가 직접 지원할 학교와 학과를 정했다. 군대를 갈 때도 마찬가지였고, 학교 졸업 후 어떤 회사에 입사할지 고민할 때도 그러했다. 회사를 그만둘 때도 나는 아버지에게 "드릴 말씀이 있다. 나 사표 내고 사업할 거다"라고 이야기했다. 그때는 이미 회사에 사표 내겠다고 선언한 후였다.

사실 뭐가 먼저인지는 모르겠는데, 어차피 내가 이래라저래라 해봤자 말을 안 들어서 잔소리를 안 하는 것일 수도 있고, 애초에 자율적으로 선택하고 책임지도록 길렀기 때문에 내가 내 맘대로 선택하는 것일 수도 있다. 아무튼 내가 백수로 지내는 동안에도 우리 부모는 '어디를 가느냐, 요즘 무엇하고 다니느냐'라는 식의 잔소리를 하지 않았다. 그 점은 내가 우리 부모에게 깊이 감사하는 부분이다.

하루종일 빈 공간에 의자 하나 놓고 덩그러니 앉아 있다가 대뜸 생각나면 인터넷 검색을 하거나 전화를 했다. 노트북을 가져다놓고, 여기에 두면 좋을 의자를 하나 사고, 저기에 두면 좋을 책장을 하나 샀다. 급할 것도 없었고 누구 눈치볼 것도 없었다. 그렇게 하나둘 공간을 채우다보니 어느새 제법 (적어도 나에게는) 그럴싸한 공간이 되었다. 내가 좋아하는 것들로만 채워진 공간을 만들고자 했으니 우선 책을 들였고, 집에 있던 오디오를 가져다가 내가 좋아하는 플레이리스트를 틀었다. 그리고 술을 팔고 싶었다. (아니, 우선 내가 마시고 싶었다.)

술이야 유통업체를 통해 받으면 그만이긴 한데 설거지가 문제였다. 술을 한잔씩 하려면 어쨌든 컵이 필요할 것이고 그럼 설거지를 해야 한다. 다행히 수도는 연결이 되어 있었지만 싱크대가 없었다. 식당에서 쓰는 업소용 싱크대 말고 뭔가 원목으로 짜여진 북유럽 스타일의 (나도 어디서 본 건 있다) 싱크대가 더 맞을 것 같았다. 냅다 검색을 해서 알아보니, 가능하다. 북유럽 스타일. 그러나 역시 비쌌다. 가뜩이나 돈도 없는데. 그래서 까짓것 직접 만들어보자 생각했다. 싱크대를 만든다? 오, 재밌겠는데? 당시 파이프를 이용한 가구나 선반 등이 한창 유행했는데 마침 근처 카페에 들렀다가 파이프로 만든 싱크대며 테이블을 보고 이것저것 물어보았다. 파이프를 주문하고, 목공소에 나무를 주문하면 가능하다는 것이었다. 듣고 보니 그리 어려워 보이지도 않고 값도 매우 저렴했다.

그렇게 주문한 나무판과 파이프를 연결하고 가운데에 구멍을 뚫어 싱크대 볼을 앉혔다. 그리고 수도를 연결하니 짜잔, 싱크대가 완성됐다. 물론 매우 허접한 모습이었지만 물 잘 나오고 물 잘 빠지면 되는 것 아닌가. 보통 싱크대는 바깥쪽, 그러니까 설거지하는 사람의 맞은편에 원목을 대어 가리는데 내가 제작한 싱크대는 앙상한 파이프 다리 위에 널빤지 하나 얹어놓은 형상이라 설거지하는 내 모습이 고스란히 다 보였다. 어떻게 북유럽 스타일로 만들지 고민을 좀 했다. 그러다 회색 바탕에 흰 체크무늬가 들어간 광목천을 하나 큼지막하게 떼어 와 'ㄷ' 형태로 둘렀다. 말 그대로 북유럽이다.

그렇게 싱크대와 계산대 그리고 내가 작업할 테이블까지 세 개를 만들었다. 지금도 내 손때 묻은 이 테이블과 싱크대는 우리 책방의 중요한 자산이다.

공간을 꾸밀 때 조명은 매우 중요하다. 조명 하나에 분위기가 크게 달라지기 때문이다. 그런데 공간에 맞는 조명을 설치한다는 것은 결코 쉽지 않은 일이다. 게다가 또 비싸다. 얼추 가구를 짜 넣고 나니 조명이 눈에 거슬렸다. 애초에 달려 있던 조명은 흰색 형광등으로 '핏줄까지 다 밝혀주마!' 하는 양 강렬한 빛을 내리쬐는 것이었다. 어두운 것을 좋아하는 음침한 나는 우선 그 태양 같은 형광 조명을 모조리 떼어내고 바꾸기로 했다.

바꿔야 할 형광등은 총 세 개. 모두 높은 천장에 붙어 있었다. 참고로 나는 태어나서 단 한 번도 등을 바꿔본 적이 없다. (화장실 전구만 몇 번 바꿔본 적 있다.) 지식인에 물어보니 일단 두꺼비집이라 불리는 것을 내려 전기를 차단하고 드라이버로 형광등과 천장을 고정하는 나사를 풀고 그 속에 연결된 두 개의 전선만 제거하면 된다는 것이었다. 덜컥 겁이 났다. 전기, 가스 이런 거 무서워하는 나는 식당에 가서도 가스통이 매달린 브루스타가 식탁에 올라오는 것을 극도로 싫어한다. 그런데 뭐? 전선을 제거하라고? 별수가 있나. 해야지. 내 키로는 온 힘을 다해 뛰어도 천장에 손이 닿지 않았다. 우리 책방 바로 옆 목공소 사장님이 작은 사다리를 빌려주셨다. 목장갑을 끼고 사다리에 올라 천장에 붙은 조명을 조심스레 떼어냈다.

햇살 좋은 3월 중순 어느 평일 대낮에 혼자 이러고 있자니 킥킥 웃음이 났다. '이거 뭐하는 거야 대체.' 내가 나를 봐도 웃겼다. 무사히 형광등을 떼어내고 미리 사둔 조명을 달았다. 이케아의 9,900원짜리 조명이었는데 모양은 단순했지만 제법 좋은 분위기를 자아냈다. 형광등을 떼어낸 것과 반대로 하면 조명을 끼워넣을 수 있었다. 두 개의 전선을 먼저 전등에 연결하고 자리를 잘 잡아서 나사를 조여 단단히 고정하면 전등 설치가 끝나는 것이다. 제대로 연결되었나 확인하려면 다시 두꺼비집을 올리고 전원을 켜봐야 한다. 오, 불이 들어온다! 그와 동시에 엄청난 뿌듯함이 밀려왔다. 괜스레 목장갑으로 이마에 맺히지도 않은 땀을 한번 스윽 닦고는 누군가에게 자랑하고 싶어졌다. 그러나 이 공간에는 나밖에 없다. 두번째 전등도 이렇게 성공했다.

이제 마지막 전등 하나가 남았다. 날이 많이 풀린데다 사다리에 올라 허리를 꺾고 작업을 하자니 더웠다. 입고 있던 스웨터를 벗어던져두고 장갑도 빼버렸다. '난 이제 프로니까.' 다시 사다리에 올라 앞서 했던 두 번의 과정대로 전등을 연결하고자 손을 뻗었다. 순간 내 손 위로 번개가 내리쳤다. 하마터면 사다리에서 떨어질 뻔했다. 겨우 다른 한 손으로 사다리를 붙잡고 땅으로 내려왔다. '무슨 일이 벌어진 거지?' 싶은 마음에 손을 바라보니 웬걸? 내 오른손이 불에 그을린 듯 거뭇거뭇해진 것이 아닌가. 마치 잘 익은 군고구마 껍질 같았다. 알고 보니 전등이 잘 연결되었는지 확인하기 위해 두꺼비집을 올리고 전원 스위치를 켜놓고는 다시 끄는 것을 깜박한 것이다. 전등에 연결하는 두 개의 전선에 이미 전기가 흐르고 있었고 그 두 전선이 내 손에 닿아 순간 번개처럼 불꽃이 튄 것이었다. 다시 말하지만 나, 전기랑 가스 같은 거 매우 무서워한다. 우리 책방에는 이런 나의 노고가 고스란히 담겨 있다. 지금도 마지막에 달았던 전등을 쳐다볼 때면 오른손이 아릿아릿해진다.

가끔 누군가가 우리 책방이 어떤 모습이길 바라느냐고 묻는다. 나는 그때마다 이렇게 답을 한다.

"이 공간은 온전히 내가 하고 싶은 대로 만들었습니다. 내 머릿속에 있는 생각들을 고스란히 풀어놓는다면 이런 모습의 공간이 나오겠지요. 굳이 내가 여기에 없어도 나를 아는 친구들이 '참 주인을 닮은 곳이야'라고 이야기할 수 있다면 제대로 한 것이라고 생각합니다."

과연 어떤 공간일지 궁금하다면 직접 우리 책방에 한번 오시길. 이 책을 읽는 독자들이 우리 책방을 방문한다면 어떤 이야기를 나누게 될지 벌써부터 궁금해진다.

여기서, 작가가 제안하는 독자와의 특급 이벤트!
이 책을 가지고 책방에 오는 분에게는 맥주 한 병을 대접합니다!
(단, 한 병 먹고 두 병 더 사서 마셔야 함.)

51 대 49

📖

"책방 하신다니 부러워요."

책방을 운영하면서 자주 듣는 말이다. 이런 말을 들으면 기분이 어떻느냐고? 뭐, 아무렇지도 않다. 그 말에 진정성을 별로 느끼지 않기 때문이다. 진짜 책방 하고 싶었다면 자기도 책방을 했겠지. 우리는 무엇을 하고 싶다고 느끼지만 의외로 실제 행동에 옮기지는 않는다. 누군가를 부러워하지만 그와 같은 선택을 하지는 않는다. 왜냐? 진짜로 하고 싶은 게 아니니까. 나는 이것을 51 대 49의 게임이라고 부른다.

우리의 인생은 결국 선택의 연속이다. 참으로 그렇기에 진부하지만 이 표현말고는 달리 쓸 말이 없다. '선택의 연속'. 우리는 살아 있는 모든 순간 선택을 하고 그 결과는 우리 인생으로 돌아온다.

그렇다면 우리는 어떤 선택을 하는 것인가. A와 B 중에 온전히 A만 하고 싶은 경우는 극히 드물다. 만약 그렇다면 우리는 주저 없이 A를 선택할 것이다. 여기에는 어떠한 문제도 없다. 그러나 대부분의 경우에는 A나 B를 선택하고자 하는 욕망이 우열을 가리기 어렵다. 마치 거의 비슷한 체중의 두 아이가 시소의 양끝에 앉은 것과 같다고 할까. 이때 우리는 어쨌거나 선택을 하게 되는데 미세하게나마 더 원하는 것을 정하게 된다. 그게 51의 무게를 지닌 A라고 하자. (내 욕망의 총 무게가 100이라고 하면 B는 자연히 49가 된다.) 우리는 분명 49보다 2가 큰 51, 즉 A를 선택했음에도 자꾸 49를 아쉬워하곤 한다. 그러나 결국 우리는 49보다 더 큰 51을 선택하는 것이다.

여기에서 51과 49의 무게를 정하는 중심축은 사람마다 다르다. 어떤 이에게 51의 욕망을 자극하는 A라고 해도 누군가에게는 전혀 매력 없는 0의 무게일 수 있다. 즉, 인간은 누구나 각각의 무게중심을 갖고 선택할 수 있는 대안들을 고려해보고 가장 큰 욕망 덩어리를 선택하는 것이다. 나에게는 돈이나 명성, 혹은 남들과 같은 삶을 사는 안정감 등의 무게가 상대적으로 적다. 물론, 그것이 필요 없다는 것은 아니다. 그러나 나에게는 마음대로 생각할 자유, 말할 수 있는 자유, 시간의 자유를 갖는 것이 그 나머지 가치들보다 크기에 나는 이런 삶을 선택한 것이다. 이 선택으로 인해 포기할 수밖에 없는 가치들이 있기는 하지만 지금 선택으로 얻은 것이 더 크기에 아쉽거나 후회하지 않는다.

다시 책방 이야기로 돌아가서, 누군가가 책방을 하고 싶으나 못하고 있다면서 나를 부러워하면 나는 그냥 그러려니 한다. 그는 51을 선택해놓고 자신이 못 가진 49에 대한 아쉬움을 부러움으로 표현하고 있으니 말이다. 만약 회사를 다녀야 해서 하고 싶은 일을 못하고 있다면 회사를 다녀서 그가 얻게 되는 가치가 더 크다는 뜻이다. 그게 월급일 수도 있고, 주변의 시선일 수도 있고, 미래의 안정성일 수도 있다. 무엇이 되었건 그는 책방을 하지 않은 그 선택으로 인해 더 많은 것을 누리고 있는 것이다.

나는 그런 사람에게는 그다지 해줄 말이 없다. (나는 누가 부럽거나 하지 않다. 내가 선택한 건데 남이 부러울 게 뭐람?) 오히려 나와 이야기를 나눌 수 있는 사람들은, 나의 51은 이것이지만 너의 51은 어떻게 책방이 되었는가에 관심을 갖는 사람이다. 나의 51은 결혼이었지만(49의 싱글생활이 너무나도 그립지만) 너의 51은 비혼이라는게 재미있다고 생각하는 사람들, 난 그런 사람들이 좋다. 그런 이들과는 각자의 차이를 부러움 없이 터놓고 이야기할 수 있다. 나는 우리가 서로에게 '부러움'을 느끼기보다 각자의 다른 선택에 '호기심'을 느낀다면 훨씬 풍성한 교류가 이어질 수 있을 것이라 믿는다.

'싫어요'라는 말을 좋아한다

나는 어려서부터 '싫어요'라는 말을 좋아했다. '너는 아직 어려서 몰라'라는 듯한 눈빛과 '나는 인자한 어른이니 어린 너에게 차근차근 설명해줄게' 하는 표정으로 '이건 이런 거야. 그러니 이렇게 해야 해. 알겠지?'라 말하는 이에게 "싫은데요"라 말할 때의 그 쾌감이란.

어려서부터 우리는 '무엇을 해야 한다'는 말을 많이 듣지만 그것을 왜 해야 하는지에 대한 설명은 듣지 못하고 자란다. 지극히 당연하고도 필요한 물음 '왜 그래야 하지?'에 소위 어른이라는 '닝겐'들은 제대로 설명도 하지 않고 그저 하라고만 한다. 그것을 거부할 권리는 주어지지 않는다.

나는 그게 싫었다. '어디 어린애가 버르장머리 없이'라거나 '애가 자기 고집이 세네'라는 말을 듣더라도 싫은 건 어떻게든 싫다고 표현하는 걸 좋아했다. 아마도 그래서인 것 같다. 내가 '싫어요'라는 말을 좋아하게 된 것은.

학창 시절, 식사시간이 훌쩍 지나 집에 들어오는 날이면 배가 고파 바로 식탁에 앉고 싶을 때가 있었다. 그러나 식탁으로 향하다가도 아버지가 "밥 먹어라" 하면 나는 곧장 방으로 들어갔다. 친구들과 운동을 하고 땀범벅이 되어 들어와 바로 샤워하고 싶다가도 "땀 흘렸네. 얼른 씻어라" 하면 그대로 소파에 앉곤 했다. 어찌 보면 내가 가진 타고난 청개구리 기질인지도 모르겠다. 어찌되었건 나는 '무엇무엇 해라'라는 명령에 아주 예민하고 강한 반발심을 가지고 있다.

하나 더 얘기해보자. 고등학교 1학년 여름방학 때의 일이다. 담임이 면담을 하겠다면서 학생들을 차례대로 불러냈다. 뭔 놈의 면담을 하나 싶었는데 2학년 때부터 나뉠 문과, 이과에 대한 면담이었다. 당시 나는 문과가 뭔지, 이과가 뭔지 전혀 모르는 상황이었다. 그런 채로 상담실에 들어가니 대뜸 "종현이는 수학을 영어보다 잘하니까 이과 가야지?" 하는 것이었다. 내 의견은 묻지도 않고. 나는 곧바로 답했다. "저 문과 갈 건데요?" 그렇게 나는 문과가 되었다. (나? 무려 경영학 전공.)

이런 성향 때문인지 유독 우리 사회에 흔한 '오지라퍼'들을 마주치면 나의 똘끼센서가 마구 작동한다. 같이 있다가 자리를 마무리라도 할라치면 "그거 챙겼나요?", "아까 그거 잘 넣어두었죠?"라고 말하는 오지랖. 남의 옷차림을 보고 추운데 단추를 잠그라느니 모자를 쓰라느니 하는 식의 오지랖. 그럴 때마다 이런 말을 하고 싶어진다.

'너나 잘하세요.'

물론 나를 위해서, 나를 걱정해서 해주는 말이라는 것은 알고 있다. 그 마음도 충분히 이해한다. 나를 생각하는 마음 자체가 나쁜 것은 아니니까.

그렇다면 그런 말을 하는 것이 그의 자유이듯, 그 말대로 행동하지 않는 것도 나의 자유다. 내가 바라지 않은 말을 먼저 해놓고는 그것대로 행동하지 않는다고 해서 버릇없다고 하는 심리는 대체 무엇인가? 이런 말을 하는 사람들 대체로 본인이 나이가 더 많거나 조언을 할 수 있는 높은 위치에 있다는 의식을 내재하고 있다. 나이가 많으면 어린 사람에게 이렇게 참견해도 괜찮다고 느끼면서 마구 참견하지만 나이가 적은 사람이 많은 사람에게 이런 오지랖을 부리면 그들은 이내 부들부들 두 주먹을 쥐게 될 것이다. 나는 그래서 '다 너를 위한 거야'라는 식으로 말하며 참견하는 것을 극도로 싫어하며 그럴 때는 '날 위하지 않아도 좋으니 그런 말일랑 하지 말라'고 받아친다.

막상 '싫어요'라고 말을 해보면 상대방은 의외로 쉽게 당황하고 또 기가 꺾인다. 혹 나를 나쁜 애로 보지 않을까, 싫어하지 않을까 걱정하지 않아도 된다. 그렇게 생각할 사람이라면 이미 나를 자기 말 잘 듣는 순둥이로 착각하고 있는 것이니까. 그러니 걱정 말고 '싫어요'라는 말을 편히 사용하시라! 물론 굳이 오버해서 과격하거나 거칠게 '싫어요!' 할 필요는 없다. 그저 '오늘 날이 덥네요'나 '커피 향이 좋은데요'의 뉘앙스로 싱긋 웃으며 산뜻하게 "싫은데요?" 한마디 하면 된다. 솔직함이 곧 과격함은 아니니까.

유독 한국 남자들 사이에 고질적인 문제가 하나 있는데, 그것은 어떻게든 서열을 정리하려는 심리다. 간혹 "너도 만나보면 좋을 사람이야"라며 지인이 누군가를 소개하는 자리가 있다. (항상 그놈의 '너를 위해' 심보가 문제다. 누가 소개해달라고 부탁이나 했나?) 그런 자리에 가서 술을 한잔하다보면 어김없이 나오는 멘트가 있다. "그런데 이야기 들어보니 제가 두 살 많죠? 우리 그냥 편하게 말할 겸 형 동생 할까요?" 나는 그 말을 듣는 순간 생각할 것도 없이 답한다. "아니요. 싫은데요. 그냥 존댓말 하시죠." 이렇게 말을 놓자는 제안은 주로 나이 많은 사람이 나이 적은 사람에게 하는데, 나는 무조건 거부한다. 존댓말로는 하지 못할 말을 말 놓는 순간 할 수 있다는 발상 자체가 마음에 들지 않는다. 나는 책방을 통해 친해진 사람들의 나이 같은 건 잘 모르지만 자연스럽게 어느 순간 대화가 편해짐을 느낀다. 딱 우리의 관계만큼.

버트런드 러셀은 그의 저서 『행복의 정복』 속 「세상과 맞지 않는 젊은이」에 이렇게 썼다.

**굶어죽지 않고, 감옥에 가지 않을 정도로만
여론을 존중하면 된다.**

무조건 "네. 알겠습니다" 한다고 해서 과연 나에게 뭐가 좋은 건지 한번 고민해볼 필요가 있다. 누구를 위한 예스맨인지 말이다. 그리고 막상 '싫어요'라는 말을 뱉어보면 상대방도 그리 불편해하지 않는다는 것을 알 수 있다. "아, 이런 거 싫었니? 미안해. 그럼 안 그럴게"라 말하고 오히려 관계가 더 돈독해질 수 있는 것이다. "뭐? 싫어요? 너가 어떻게 나에게 그런 말을" 하며 열을 낸다면 어차피 나를 만만히 본 사람일 테니 과감히 관계를 정리해도 된다.

책방을 시작하면서 세워둔 원칙

책방을 시작하면서 몇 가지 세워둔 원칙이 있었다.

그중에 제일 우선인 것은 '내가 하고 싶은 대로 한다'이다. 이제껏 살아오면서 온전히 내 마음대로 해온 것이 부끄럽게도 많지 않다. 나름은 내 의지대로 많은 선택을 해왔지만 그때마다 뭔가 숙변처럼 들어앉았던 시원치 않은 욕구가 있었다. 학교와 직장, 소위 스펙으로 간주되는 관문을 넘어서면서는 타인의 시선을, 사업을 시작하면서는 어쭙잖게 사업가 행세를 하며 남을 신경써야 했다. 물론 그것들 모두가 나의 조각조각이기는 했어도 나는 애초에 온전히 내 뜻으로 무엇을 하지 못했다.

이 책방만큼은 그러고 싶지 않았다. '내가 하고 싶은 대로 한다' 속에는 타인과 비교하지 않는 것도 포함된다. 누구보다 더 빠르게, 더 많이 무엇을 해내겠다는 부담감을 절대 갖지 않기로 했다. 그런데도 참 재미있는 것이 다른 책방들을 자연히 찾아보게 되고 저기는 어떻고 여기는 어떻다는 식의 비교를 어느새 하고 있었다. 머리를 재빨리 흔들어 이런 생각들을 털어냈다. 덕분에 나의 책방은 매우 느린 속도로 혹은 나만의 호흡대로 변했고, 그 자체가 나의 모습이라고 자부한다. 앞으로도 책방을 이끌어가면서 많은 어려움이 있겠지만 (안 봐도 뻔하다) 이 원칙 하나만은 지켜가고 싶다. 내가 이 원칙을 잘 지켜나간다면 이 책방은 자연히 내 모습을 닮아갈 것이다. 내가 없어도 나를 아는 누군가가 책방을 찾는다면 '아, 책방 참 김종현같이 생겼구만' 하고 생각할 수 있도록.

금전적인 부분도 있다. 돈, 물론 중요하다. 뻔한 이야기지만 돈은 그러나 목적일 수 없다. 목적일 필요도 없고, 목적이 된다 해도 그다지 달라질 게 없더라. 그나마 4~5년간 사업이라는 영역에서 있어본 나의 결론은 그렇다. 돈 좇아봐야 별 차이 없더라. (차이 있는 척하는 이는 참 많더라만.) 게다가 나는 그다지 돈이 필요한 사람이 아니더라. 근사한 양복을 입고 멋진 차를 타고 화려한 생활을 하는 것(소위 사업해서 성공하고자 하는 몇몇 이들의 욕망)에 그리 구미가 당기지 않았다. 그보다는 조용히 자기가 좋아하는 일을 하며 하루를 온전히 즐기고, 인생에 대해서 솔직히 고민하고, 혼자 있을 때는 나지막한 허무와 우울을 느끼고, 다른 사람의 아픔을 공감하는 이들과 만나고 싶고, 하루를 나누고 싶었다. 다행히도 이런 삶을 영위하는 데에는 많은 돈이 필요하지 않다. 대신 그보다 더 갖기 어려운 맑은 영혼이 필요하다. 나는 그런 영혼을 갖고 싶고, 그런 영혼을 가진 이들과 함께하고 싶다.

　나의 책방이 세상을 바꿀 수 있을 거라는 허황된 생각은 하지
않는다. (난 회의적이니까!) 다만 이 넓은 세상에서, 아니, 이 넓은 돈
의 세상에서 돈보다 소중한 무언가를 찾는 이들이 함께할 수 있
는 공간 하나쯤은 필요하지 않느냐 하는 물음을 던지고 싶다.
매일 '돈, 돈, 돈', '빨리, 빨리, 빨리', '비켜, 비켜, 비켜'를 외치는
드넓은 세상 속에서 조금은 다른 생각을 하는 영혼들이 모일 수
있는 이 10평 남짓한 작은 공간이 존재하는 것. 이것이 그다지
낭비는 아닐 것이다.

염치 장사에
대하여

길을 가다보면 어르신이 모금함을 목에 걸고 (대부분 불쌍한 표정으로) 성금을 내라고 하거나, 청년이 아프리카 난민을 도우라며 (대부분 매우 착한 표정으로) 잠깐 시간을 내달라고 하는 경우가 가끔 있다. 아니, 많다. 취지가 좋은 건 알지만 사람의 죄책감이나 동정에 호소하는 방식을 그리 좋아하지 않는다. 나는 이를 염치를 파는 '염치 장사'라 부른다.

책방을 시작할 때 정한 원칙 중 하나가 절대 '염치 장사'를 하지 않겠다는 것이었다. 나는 값에 맞는 가치를 가진 상품을 당당히 제공하고 손님은 그걸 사면 된다. (싫음 말고)
책방 손님은 나와 취향을 공유하는 친구이자 이웃이지 극존칭을 써가며 실상은 돈을 더 뜯어낼 궁리를 해야 하는 호갱이 아니다.
그러니 돈 좀 쓴다고 갑질하거나(그런 진상은 없었지만), '거지 주인장이 딱하니까 책 한 권 팔아줘야지' 하는 식의 동정은 사양해왔다. 더불어 손님에게 필요 이상의 친절도 베풀지 않는다. 대신 가식 없이 솔직하게 대한다. 이런 쿨한 관계가 한번 형성되면 오히려 더 끈끈하고 오래 지속되리라고 믿는다.

주인장의 철학과 소신을 이해해준 여러분 덕분에 이 혹독한 자본주의 사회에서 우리 책방이 무려 1년간 망하지 않고 살아남았습니다. 앞으로도 지금처럼 쿨하게 서로 윈윈하는 관계를 만들어가요.

(결론은 오늘 책방 1주년이니 놀러오라는 이야기입니다.)

나는 실존주의자로소이다

📖

나는 실존주의자다. 겁먹지 마시라. 실존주의라는 용어가 심오하고 어려운 뜻인 것 같지만 내가 나를 실존주의자라고 여기는 것은 단순한 이유에서다. (여기서 말한 실존주의를 철학적으로 해석하거나 그 기준으로 비판하지 않기를 바란다. 어디까지나 내가 해석한 실존주의에 대한 이야기이며, 나는 그렇게 실존주의를 해석하고 받아들인다 정도로 이해해주었으면 한다.) 사르트르의 '실존은 본질에 앞선다'는 철학을 내 삶의 중요한 가치로 두고 살아가기 때문이다. 여기서 실존은 다른 어떤 역할이나 조건이 아닌, '나' 자체가 '지금 여기'에 있다는 것이다. 돌멩이 하나가 길 위에 있다고 하면 그것이 어떤 색깔이든, 어떤 형태든, 어떤 목적이든 간에 어쨌거나 그 위치에 놓여 있다는 사실만이 가장 우선하는 것이다. 그리고 그 이후에 '본질'이 따른다. 여기서 '본질'은 실존하는 것에 씌워진 목적이다. 사람으로 따지면 이름, 가족 안에서의 관계, 직업 등이 '본질'이다.

조금 더 쉽게 이야기하면 칼 하나가 놓여 있다고 치자. 이 칼의 본질은 무언가를 썰고 자르는 것이다. 그런데 실존의 관점에서 보면 이것은 그냥 쇳덩이를 뾰족한 형태로 갈아 나무손잡이를 붙여놓은 것일 뿐이고, 그것이 여기에 놓여 있는 것이다. 그것의 본질을 인식하고 무언가를 썰어야만 칼의 본질을 다하는 것이다.

인간은 그런 본질을 갖고 태어나는가? 아니다. 우리 중 누구도 어떠한 목적을 갖고 만들어지지 않았다. 그저 우연히 이 세상에 이러한 존재로 태어나게 된 것이다. 그냥 실존할 뿐이다.

인간이 살아가기 위해 만든 사회 속에서 우리는 이런저런 역할들을 갖게 된다. 어쩔 수 없는 일이다. 태어나는 순간, 인간으로 살아가기 위해 해야 하는 것들이 심지어는 태어나기도 전부터 덕지덕지 나의 실존에 와서 달라붙는다. 어느 것은 적당히 역할을 해야 하고 어느 것은 쳐내며 살아간다. 과연 어디까지 역할을 받아들이고, 어디까지 거부해야 하는가. 이런 고민을 할 때마다 나는 내가 아무런 본질도 없이 태어난 우연한 존재라는 것을 자각한다. 이것이 내가 생각하는 실존주의다.

실존주의라는 관점에서 삶을 바라보면 나의 존재가 한결 가벼워짐을 느낀다. 나는 굳이 살면서 무언가를 달성해야 할 필요도 없고 의무도 없다. 또한 억지로 살아갈 필요도 없어지는 것이다. 삶에 뭐 대단한 의미가 있다고? 내가 선택하지도 않은 것 아닌가? 인간은 원치 않게 태어나서 적당한 시기까지 살아 있다가 죽으면 끝나는 존재인 것이다.

허나 인간이 만든 이 사회는 인간의 존재를 매우 무겁게 짓누른다. 일단 종교가 그렇고, 사회 관습이나 윤리관이 그렇다. 가족 관계도 그렇고 자본주의라는 지긋지긋한 거대 사회구조도 그러하다. 참으로 갑갑한 일이지만 어쩔 수 없이 적당히 받아넘겨야 한다. 그런데 자칫 잘못하면 덕지덕지 달라붙은 그 본질에 매몰되어 실존을 잃어버릴 수도 있다.

사르트르는 이러한 경우를 설명하기 위해 군인과 연극배우를 예로 든다. 적군을 살해해야 하는 의무를 부여받은 군인을 떠올려보자. 그에게 군인이라는 것은 주어진 역할일 뿐이다. 군복 안의 그 자신은 사실 군인이라는 역할보다 더 우선하는 실존적 존재다. 그러나 임무를 수행하지 않으면 본인이 죽을 수도 있기에 그는 그 역할을 성실히 수행한다. 그런데 그게 지나치면 적군을 죽이는 것이 그의 생존 이유인 양 여기게 되는 것이다. 본질이 실존을 잡아먹은 상태다. 마찬가지로 연극무대에서 우는 연기를 해야 하는 배우가 있다고 치자. 그는 주어진 각본에 따라 배우로서 보다 나은 연기를 하기 위해 열심히 울기 시작한다. 그가 자신이 배우의 역할을 위해 우는 것이라고 자각하고 있다면 그의 실존은 존재하고 있다. 그런데 그것이 지나쳐 본인이 연극무대에 오른 것인지 실제로 우는 것인지 모르게 된다면 그는 실존을 상실하게 된 것이다. (다시 말하지만 이것은 전문으로 철학을 공부한 적도 없는 내가 그저 나름의 해석을 가지고 세상을 바라보는 가치관이다. 즉, 개똥철학이다. 보다 전문적인 공부를 원한다면 관련 철학 서적을 참고하기 바란다.)

이런 관점으로 하나씩 따져보다보면 새로운 시각을 갖게 된다. 부모와 자식 관계, 그 안에서 역할들도 무게감이 매우 가벼워진다. 성공해야 한다는 강박, 부자가 되고 싶다는 열망, 죽음에 대한 불안마저도 한없이 가벼워진다. 어찌 보면 우리는 그저 가만히 앉아 똥을 만드는 존재인 것이다. 제아무리 사회적 지위가 높고 낮고를 떠나 그저 다 같이 앉아 똥이나 만드는 것이다.

나는 비행기 타는 것을 싫어하는데 딱 두 가지 면에서 좋아한다. 우선 같은 기내식을 먹고 같은 시간을 보내면 배 속에는 같은 똥이 만들어지겠구나 하는 생각이 들어 왠지 모르게 킥킥 웃음이 난다. 두번째로는 이륙할 때 왠지 사고가 날 것 같은 느낌이 들어서다. 천천히 사그라지는 것이 아닌, 즉각적인 소멸. 그럴 때마다 '아, 이렇게 순식간에 죽을 수도 있겠지' 하면서 다시금 살아 있음을 자각하게 되는 순간이 좋다.

인간의 삶이 너무 허무하다고? 그럼 무슨 재미로 사느냐고? 처음에 이런 생각을 하다보면 삶의 덧없음에 허무함을 느낄지 모른다. 그런데 그 시간이 지나면 '그럼 난 어떻게 살지?' 하는 생각을 하게 된다. 이런 고민을 한 후에 내린 선택을 나는 좋아한다. 그것은 온전히 나의 선택이 되고, 진짜 내가 하고 싶은 것이 된다. 누구의 딸로 또 아들로 착해야 하고 잘나가야 하고 행복해야 한다는 생각의 틀로부터 해방되는 것이다. 그럼 이 무의미한 말들로 가득한 무의미한 세상을 좀더 산뜻하고 경쾌하게 살아갈 수 있다.

나는 죽음에 대해 매 순간 생각한다. 언젠가 나도 죽을 것이라는 걸 인지하는 것이다. 매 순간 죽음을 떠올리면 우울하지 않느냐고? 아니, 오히려 그 반대다. 삶에 더 집중하게 된다. 당장 내일 죽는다고 하더라도 당신은 지금 하는 그 일을 하겠는가? '그렇다'라고 대답할 수 있는 삶이 충만한 삶이다. 어차피 언제 죽을지도 모르는데 필요 없는 일에 시간을 쓰며 살고 싶지 않다. 당장 내일 죽는다면 아마도 많은 사람들이 오늘 사랑하는 사람 또는 가족과 저녁을 먹겠다고 할 것이다. 아니면 다퉜던 사람과 화해를 하거나, 사랑하는 사람을 한번 더 안아준다거나 등등. 이런 것들을 하고 싶지 않을까? 나는 매일 찾아오는 나의 오늘이 그렇게 되기를 바란다.

언제든 죽을 수 있다는 사실을 떠올릴 때면 살아 있는 소중한 이 순간을 어떻게 쓸까에 대해 고민하게 된다. 나는 결혼식과 같은 행사에 거의 가지 않는다. 굳이 어색한 자리에 가서 몇 년 만에 보는 선후배들과 나란히 앉아 별로 궁금하지도 않은 안부를 묻고 사진 한 방 찍고 돌아오고 싶지 않아서다. 정말 축하하고 싶은 결혼식이라면 일찍 가서 신랑이나 신부 얼굴을 직접 보고 인사를 나눈다. 그리고 바로 돌아온다. 대신 내가 만나고 싶은 사람은 언제든 연락해서 얼굴을 보러 간다. 우리는 바쁘고 시간이 없어서 서로 못 만나는 것이 아니라, 서로가 우선순위에 있지 않기에 만나지 않는 것이다.

나는 우리 가족이 우연히 맺어진 인연이라고 생각한다. 그렇기에 아버지로서, 어머니로서, 또 나는 자식으로서 역할에 따른 기대감 따위 전혀 없다. 그저 한 개인으로서 바라보고 그들에 대해 애정을 느낀다. (물론 잘 안 맞아서 덜 느끼는 사람도 있다.) 가족에 대해 이렇게 말하면 너무 냉정한 것 아니냐, 가족과 관계가 나쁜 것 아니냐고 되물을지도 모르겠다. 그런데 의외로 나는 가족과 시간을 많이 보내는 편이고 심지어 부모와의 사이 또한 제법 원만하다. 이럴 수가! (이 부분은 뒤에 가서 더 자세히 이야기하기로 하자.)

이렇듯 실존을 자꾸 떠올리다보면 죽음은 언제든 찾아올 수 있다는 생각을 하게 되고, 삶이 가벼워진 만큼 자유로워진 만큼 불안도 느끼게 된다. 어쩌겠는가. 인간은 누구나 불안한 존재인 것을. 인간이 불안한 이유는 자유롭기 때문이다. 불안을 제거하기 위해 자유를 제거하는 사람들이 있다. 나는 자유롭기에 불안하다는 사실을 받아들인다. "그렇게 살면 불안하지 않아요?"하고 묻는 이들도 있다. 맞다. 불안하다. 나는 이렇게 답한다.

"자유로우니까 불안한 거죠. 원래 누구나 한줌의 불안을 가슴 위에 얹고 사는 것 아닌가요. 억지로 그 불안을 없애려고 노력하지 않습니다. 어차피 없어지지 않으니까요."

욜로(YOLO^{You Only Live Once})라는 말이 한창 유행이다. 그 말 자체는 참으로 맞는 말인데 이게 또 자본주의 장삿속과 연결되면서 '한 번 사는 인생, 즐기자'는 '탕진잼' 놀이로 이어지는 것 같아 아쉽다. 정작 인생 한 번 산다는 뜻은 그게 아닐 텐데 말이다. 스피노자는 '내일 지구가 멸망하더라도 나는 한 그루의 사과나무를 심겠다'는 말을 남겼다. 그 말은 꾸준히 해오던 일을 오늘도 하겠다는 뜻이 아니다. 그에게 오늘 가장 하고 싶은 일은 사과나무를 심는 일이고, 내일 지구가 멸망하더라도 오늘 하고 싶은 일을 나는 하겠다는 의지가 아닐까? '내일 죽을지 모르니 있는 돈 다 쓰고 죽자'는 제대로 된 욜로가 아니다. 내일 죽더라도 오늘 하고 싶은 일을 하는 것, 그런 매일매일을 이어가는 것이 욜로이고, 그런 선택을 하고 책임지는 삶이 곧 실존주의자의 삶이다.

얌전히 앉아 내가 지금 여기 실존함을 느끼고, 자유롭게 매 순간의 선택을 해나가는 것, 이것이 내가 내 삶을 대하는 태도다. 정해진 운명 같은 것은 믿지 않는다. 아니, 그것을 믿을 시간이 없다. 언제 죽을지도 모르는데 그런 운명 따위 믿을 시간에 당장 하고 싶은 것을 찾아 나서겠다.

봄날의
요양원 블루스

지난 주말 '씨 없는 수박 김대중'의 공연을 봤다. 마지막 곡 〈요양원 블루스〉를 부르기 전에 곡에 대해 짤막한 소개를 했는데 제법 묵직한 울림을 주었다.

예전에 김대중씨는 요양원에서 일한 적이 있었다고 한다. 그때 요양원의 할머니들께서 공통적으로 이런 말씀을 하셨다고 한다.

"꿈같아. 지나온 세월이 다 꿈만 같아."

그리 오랜 세월을 살지 않은 나에게도 과거의 추억을 돌이켜보면 정말 그런 때가 있었나 싶은 순간들이 많다. 이제는 느낌도, 감정도 휘발되어 마른 기억만 남은 추억들. 마찬가지로 오늘 이 하루도 지나고 나면 언젠가 아득한 꿈처럼 느껴지겠지. 온 감각으로 살아 있음을 흠뻑 느낄 수 있는 순간은 현재, 바로 지금뿐이다. 지나고 나면 꿈처럼 남게 될 오늘을 지금부터라도 꿈처럼 살면 되지 않을까.

볕이 좋은 봄날, 집을 나서는 발걸음이 가볍다.

착하지 않아

개인적으로 '착하다'라는 표현을 좋아하지 않는다. 어려서부터 누가 착하다고 하면 '대체 착하다는 게 뭐지?' 하고 속으로 반문해보곤 했다. Nice? Kind? Good? 영어로 번역하기도 애매한 이 단어는 생각보다 일상생활에서 우리에게 많은 영향을 끼치고 있다.

'착한 게 뭐 어때서? 어쨌거나 착하다는 소리 들으면 좋은 것 아니야?'라고 할 수도 있는데, 중요한 것은 누구를 위한 착함이냐는 것이다. '착하다'는 본래 타인이 한 개인에게 내리는 평가의 말이다. 우리는 스스로를 위해 착해지지 않는다. 나 자신이 아닌 남에게 착하다는 평가를 듣기 위해 하기도 싫은 착한 행동들을 억지로 하는 것이다.

얼마 전 명절 잔소리에 대해 사람들과 이야기를 나누었는데 착한 딸&아들, 착한 며느리&사위가 되기 위해 명절 스트레스를 참고 견딘다는 사람들이 많았다. 어른이 되어서도 여전히 우리는 그놈의 '착한 아이 콤플렉스'에 붙잡혀 사는 것이었다.

이렇게 착함에 길들면서 하고 싶은 일마저 남 보기에 착한 선택을 하고, 심지어 나 자신마저도 그저 남 보기에 착한 사람이 되어가고 있는지 모른다. 나를 잃어버린 채로.

어쩌면 고작 '착하다'는 말을 듣기 위해, 영혼도 없고 개성도 없는 착함이라는 모호한 가면 뒤에 숨어버리는 것은 아닐까?

어려서부터 나는 '착함'과는 제법 거리가 있었다. 착하다는 말을 듣고 싶지도 않았고, 그 말이 그다지 칭찬같이 들리지도 않아서였다. 그렇게 착함에 신경쓰지 않고 제멋대로 행동해 온 나에게 주변 사람들은 '착하다'는 말 대신 '너답다'라는 말을 해준다. 착함의 반대말은 '막돼먹음'이 아니라 '나다움'이라 이해한다면 지나친 해석일까?

이 세상은 지옥이다

'장기하와 얼굴들'로 알려진 가수 장기하가 무명 시절 멤버로 참여했던 '청년실업'이라는 밴드가 있었다. 그들의 데뷔 앨범 《기상시간은 정해져 있다》에는 이런 제목의 노래가 수록되어 있다.

이 세상은 지옥이다

'이 세상은 지옥이다'라고 수없이 반복하는 노래인데, 나는 이 가사에 완전히 동의한다. 이 세상은 물론, 지옥이다. 앞서 실존주의를 이야기할 때 등장한 사르트르는 이렇게 말했다. "타인은 지옥이다." 우리는 누구나 이 세상에 혼자 있을 때 완전히 자유로울 수 있을 것이다. 그러나 누군가와 관계를 맺고 그 타인이 나를 인식하고 평가하는 순간 그 자유는 침해당하며 순식간에 그 타인으로 인해 나는 지옥을 겪게 되는 것이다. 하물며 이 세상에서 우리는 숱하게 많은 사람들과 관계를 맺고 살게 되는데 그야말로 서로가 서로를 지옥 속으로 밀어넣고 계속 더 아래로 떨어뜨리고 있는 것이다.

실존적 관점이라는 어려운 말로 굳이 이 세상이 지옥이라고 하지 않더라도 이미 우리 사회는 누군가에게 지옥이다. 아니, 다수에 의하여 다수에게 지옥인 사회다. 약자에 대한 배려보다 강자에 의한 갑질이 우선하고, 공존을 위해 개인의 불편함을 감수하기보다는 다수의 편의를 위해 소수의 희생을 당연시하는 문화가 강하다. 여전히 전근대적인 사고관으로 행동하는 꼰대들이 활개를 치고, 돈만 주면 뭐든 할 수 있다는 것을 오히려 자랑스러워하는 물질만능주의 사회가 되었다.

뭐 어쩌겠나? 선택하지 않았으나 이런 지옥에서 태어난 것을. 나는 이것을 우리 개개인의 잘못으로 보지 않는다. 인간은 누구나 환경의 영향을 받는 존재니까. 다만 사회 전체를 한순간에 바꿀 수 없다면 나부터 이 지옥에서 생존하는 법을 길러야 한다. 나는 그래서 '남이사' 전략을 적극 활용한다. 타인이 지옥이라고 했으니, 결국 타인의 시선으로부터 자유로워져야 그나마 지옥의 악취를 덜 맡을 수 있지 않겠나. 나는 타인이 나를 싫어할 수 있다고 생각한다. 나 역시도 모든 사람을 좋아하지는 않으니까. 그렇다고 내가 다짜고짜 누구한테 가서 "나, 너 싫어!"라고 하지는 않는다. 그럴 권한도 없고, 필요도 없다. 그런데 남이 나한테 그런 경우가 있다면 그냥 '남이사' 하고 넘겨버린다. 그런 이야기까지 신경쓸 여력도 시간도 나에게는 없으니까. '남이사' 전략, 생각보다 효과가 좋다. 특히나 괜한 오지랖과 타인에 대한 평가가 난무하는 우리 사회에서는 말이다.

'남이사' 전략은 심지어 그 반대로도 적용이 가능하다. 예를 들어보자. 얼마 전, 모 여자 연예인이 (아마도 성이 하씨고 이름이 연수였던 것으로 기억한다) SNS에 댓글을 퉁명스럽게 달아서 논란이 된 적이 있다. 급기야 그 연예인이 직접 사과문까지 내는 지경에 이르렀는데, 나는 같은 행동을 남자 배우가 했다거나 연륜 있는 배우가 했다면 그 정도로 문제가 되지는 않았을 것이라고 생각한다. 우리는 은연중에 젊은 여자 연예인은 항상 상냥해야 하고, 귀여워야 하고, 내가 넌지시 조언해주는 것에 긍정적이고 밝게 답을 해야 하는 존재라고 인식하는 것 아닌가? 그러니 말투 하나 조금 퉁명스러운 것을 그렇게까지 문제삼는 것 아닌가? 그런 느낌이 들어 그 해프닝을 보는 기분이 좋지 않았다.

여기서 바로 '역 남이사' 이론이 적용 가능하다. 즉, 그 연예인이 어떤 댓글을 달았든 나랑 무슨 상관이란 말인가 하고 생각하면 된다. 물론 공인이라고는 하지만 그 행동이 굳이 큰 범죄를 저지른 것이 아니라면, 또 나와 직접 상관있는 것이 아니라면, 그러든가 말든가 하고 신경 끌 수도 있다. '남이사' 그리고 '역 남이사' 전략은 꽤 유용하니 한번 써먹어보기를 권한다.

최근에 자존감을 수업받는다거나 미움을 받기 위해 용기를 내려고 책을 사서 보는 사람들이 많다고 한다. 이 지옥 같은 타인으로 가득한 사회에서 보다 자아를 굳건히 하려는 시도이기에 적극 응원한다. 그러나 방법론적으로는 굳이 책을 사서 읽을 필요까지 있을까 싶다. 자존감 높은 사람들은 따로 수업을 받지도 않을 것이고, 미움받는 사람들은 이미 용기고 뭐고 낼 것도 없이 제멋대로 행동하고 미움받고 있을 테니 말이다. 애초에 인간은 모든 사람에게 호감을 받을 수 없는 존재다. 아무리 애써도 이미 누군가는 나를 미워하고 있다. 그저 그것만 받아들이면 된다. 남이 나를 보고 그저 준 것도 없이 밉다는데 어쩌겠나. 그냥 내버려둬야지, 뭐.

최근 '프로 불편러'라는 말을 많이 쓴다. 그냥 지나갈 수도 있는 문제를 예민하게 신경쓰고 불편함을 느끼는 사람들을 칭하는 표현이다. 이 말이 등장해서 나는 매우 기뻤다. 나를 간단히 표현할 수 있는 단어가 생겼으니 말이다. 나 역시 "뭐 그런 것까지 불편하게 생각해? 까다롭게"라는 이야기를 자주 듣는 편이라 왠지 동지들이 생긴 것 같아 좋았다. 나는 불편함을 자주 느낀다. 그중 하나의 예시를 들어보자.

내게는 어린 조카가 한 명 있다. 외국에 살아서 2~3년에 한 번씩 한국에 오는데 그럴 때마다 온 가족이 모인다. 물론 그중에 '꽃'은 단연 조카다. 언젠가 가족이 다 모인 자리에서 식사를 마치고 조카의 단독 무대가 자연스럽게 마련되었다. 나의 조카는 여느 아이들과 같이 집에 있을 때 노래를 부르기도 하고 춤을 추기도 한다. 그래서 '우리 손녀 춤 한번 보자!'라는 말이 나오는 순간 모든 가족은 어린 조카에게 주목을 했고 박수 칠 준비는 이미 다 되어 있었다. 그런데 누가 나한테 그렇게 갑자기 춤추고 노래하라고 시키면 무지 불쾌할 것 같았다. 아니, 박수 칠 준비하는 당신들부터 춤추고 노래해보시지, 왜? 아니나 다를까 어린 조카는 그 분위기가 어색했는지 영 앞에 나서고 싶어하지 않았다. 급기야 울음을 터뜨리기 직전까지 갔는데 가까스로 십팔번인 〈겨울왕국〉의 〈렛 잇 고〉를 부르고 나서 끝나기가 무섭게 자기 엄마의 품으로 달려갔다.

나는 그 분위기가 너무 폭력적으로 느껴져 차마 조카를 지켜보지 못하고 고개를 떨구었는데, 겨우 울음을 참고 노래 부르는 아이에게 가족들은 '아이구, 잘한다' 하며 박수와 환호를 보냈다. 그러고는 엄마 품에 있는 아이를 불러 만 원짜리 지폐를 쥐여줬다. 그 자리에서 불편함을 느낀 것은 나와 조카뿐인 것 같았다.

그 외에도 이와 같이 일상생활을 하면서 느끼는 무수한 불편함들이 있다. 대체로 어떤 강요나 참견 같은 것들인데 사실 우리가 조금만 신경쓰면 많은 부분 개선될 수 있는 것들이다.

타인의 평가와 사회적 인식을 강요하는 사회, 내가 누군가를 평가하는 타인에 속한 순간, 나는 누군가에게 지옥을 선사할 수 있다. 반대로 내가 그 타인에 둘러싸여 평가받고 강요받는 존재가 되는 순간, 나 역시 지옥 안에 속해진다. 결국 서로가 서로의 멱살을 부여잡고 점점 더 세게 옥죄는 형국이 아닌가.

그럴 때마다 나는 묻고 싶다. '왜 그래야 하지?' 어차피 먹고살기도 힘든 세상, 무엇 때문에 서로가 서로의 멱살을 쥐고 있어야하나. 이제 좀 놓아줬으면 좋겠다. 원치 않게 태어났지만 이왕 태어난 거 조금 자유롭고 편하게 살아야 하지 않겠나? 누구를 좋아할 수도 있고, 싫어할 수도 있다. 그런데 싫다고 쫓아가서 두들겨 패야만 직성이 풀리는 심보, 이제 그만 좀 했으면 좋겠다. 이세상이 천국이 되기를 바라지도 않는다. 그저 어차피 지옥 같은 이 세상에 태어난 이상, 죽을 때까지 서로가 서로에게 괜한 상처주지 않기를 바랄 뿐이다.

눈 오는 날의
아침 단상

추운 건 싫지만 눈 오는 날은 좋다. 아무리 애를 써도 꿈쩍하지 않을 것 같던 세상이 간밤에 내린 눈에 새하얗게 변한 아침. 창문을 열고 바뀐 세상을 보는 기분이 아주 그만이다. 시커멓고 단단한 세상도 바뀐다고, 그러니 믿음을 놓지 말라는 위안 같다.

우리가 사는 이 지옥 같은 세상도 하얀 눈 같은 마음이 모여 조금씩 그리고 많이 변할 것이라 믿는다.

숨구멍 같은 공간의 시작

📖

책방을 열기는 했는데 역시나 손님은 없었다. 하루종일 책방 문을 여는 사람이라고는 전단지를 넣고 가는 사람이나, 근처 교회에서 전도를 나온 아주머니, 혹은 갑자기 들어와 목탁을 두들기고 시주 좀 하라는 스님뿐이었다. (하루종일 번 것도 없는데 내놓으라니.)

애초에 크게 인기 있을 것이라고는 기대하지 않았으니 조급하진 않았다. 그냥 하루종일 내 방보다 편한 공간에 앉아 읽고 싶은 책 실컷 읽고 듣고 싶은 음악 계속 듣다가 와인 한잔하고 집에 가는 일과가 좋았다.

다만 이 하루하루를 블로그나 페이스북, 인스타그램, 트위터 등을 통해 (누가 볼진 모르겠지만) 기록하기로 했다. 한마디로 돈 안 드는 홍보는 다 해보자는 것이었다. '오늘은 하루종일 아무도 안 왔다', '어제는 페인트칠하다가 페인트가 눈두덩이에 묻었다', '오늘은 이 책을 읽었는데 더럽게 재미없었다'와 같은 시답잖은 일과들을 계속 올렸다. 당연히 반응은 전혀 없었다.

그러다가 신기한 일이 발생했다. 3월 초부터 운영하던 페이스북 페이지에 '좋아요'를 누른 사람은 3월 말일까지 고작 20여 명이었다. 그도 그럴 것이 책방을 한다고 지인들에게도 이야기하지 않았고, 따로 홍보를 하지도 않았으니까. 그런데 갑자기 4월 1일이 되자 '좋아요'가 100명으로 급격히 늘어난 것이었다. 단 하루 만에. 이럴 수가. 이거 왜 이러지? 무슨 일이 있었던 거지? 모르겠다. 모르겠지만 기분은 좋았다. 당시에 우리 책방은 다른 가게들과는 달리 따로 개업일도 안 정했고, 홍보도 별로 하지 않는 나름 시크한 운영 방식을 가지고 있었는데 무슨 이유로 갑자기 '좋아요' 수가 크게 늘었는지 신기했다.

신기하고 고마운 마음에 바로 공지를 올렸다.

 '좋아요' 100명 돌파 기념 무료 와인 벙개

어차피 종일 아무도 안 오는 곳이기에 누가 올까 싶어 반신반의하며 올린 것이었다. 그리고 실제로 누가 와도 큰일이었다. 왜냐하면 당시에 책방에는 의자 몇 개만 덜렁 있을 뿐 테이블도 없었기 때문이다. '설마 누가 오겠어?'라는 나의 생각이 바뀐 것은 그날 오후였다.

2015년 4월 1일 저녁 어김없이 손님 한 명 오지 않던 날, 책방문이 열렸다. 순간 나도 모르게 "누구시죠?"라고 물을 뻔했다. 나는 '누구세요' 대신 '안녕하세요'라고 말을 바꿔 인사를 했다. 그 또한 쭈뼛쭈뼛하며 인사를 건넸는데 SNS에서 '와인 벙개' 공지를 보고 왔다고 했다. 얼른 자리를 안내하고 와인을 한잔 따랐다. 신기한 일이었다. 누가 내 공지를 보고 찾아오다니. 그리고 그 이후로도 여러 손님들이 '벙개'에 참여했다. 테이블도 없어서 무릎 높이쯤 오는 낮은 책 매대를 테이블 삼아 와인을 나누어 마셨다. '벙개'에 온 사람들 중에는 모 도서관 관장도 있었고, 작은 책방에 본래 관심이 많던 사람도 있었고, 책방 근처에 사는데 오픈 전 공사할 때부터 궁금해하다 이참에 들렀다는 손님까지 다양했다. 대략 예닐곱 명 정도가 왔는데 이것은 나에게 놀라운 일이었다. 일주일간의 손님보다도 많은 수였으니까. 책도 몇 권 없던 책방에 찾아온 그날의 손님들은 책을 여러 권이나 사주었다. 그때만 해도 카드 단말기가 없어서 그들은 모두 현금으로 결제해야만 했고, 책을 담아줄 봉투가 없어 각자 손에 들고 가야 했다.

만우절 거짓말 같은 벙개 사건 이후, 나는 책방 운영에 더 흥미를 느꼈다. 어차피 다수의 사람들을 설득할 마음은 없다. 여기는 교보문고가 아니니까. 아주 소수라도 같은 취향을 가진 사람만 오면 된다. 그러려면 이 공간이 어떤 취향을 가졌는지 더 확고하게 보여줄 필요가 있다. 그래서 나는 책방 소식을 홍보용이 아닌, 나와 같은 관심사를 가진 친구에게 들려준다는 기분으로 알리기 시작했다.

그래서일까, 우리 책방 SNS 계정에 사람들의 관심은 금세 높아졌다. 별로 한 것도 없는데도 하루에 수십 명씩 팔로워가 늘어나기 시작했고, 읽고 있는 책만 올려도 수십 개의 '좋아요'가 달렸다. 아니, 술 먹고 집에 가는 길에 찍은 사진과 듣고 있던 노래 가사를 올려도 많은 사람들이 공감해주었다.

'어라? 나만 이런 취향이 아닌가보네?'

우리 책방을 나는 '취향 공동체'라고 부른다. 피를 나눈 형제도 아니요, 학연이나 지연으로 얽힌 관계도 아니다. 서로 이름도 모르고 직업에도 관심 없다. 다만 취향이 비슷한 사람들이 모여있기에 취향 공동체라 하는 것이다.

나와 같은 취향의 사람들을 모아보자는 생각으로 시작한 것이 하나 더 있다. 바로 영화 상영회였다. 하루종일 손님이 한 명도 없으니 주로 하는 일이라고는 책을 읽거나 노트북으로 영화를 보는 일이었다. 그러다가 문득 생각이 들었다.

'어차피 혼자 보는 거 넓게 보자.'

집에서 쓰던 손바닥만한 프로젝터를 가져다가 (자막을 겨우 읽을 정도의 놀라운 화질을 보유하고 있다) 노트북과 연결했고, 벽을 스크린 삼았다. 뭔가 꾸물꾸물 영상이 보이기는 하는데 영 깔끔하게 보이지 않았다. 그래서 하얀 전지를 두 장 사다가 벽에 테이프로 붙여 간이 스크린을 만들자 제법 자막 정도는 읽을 수 있는 초저예산 상영관이 되었다. 어차피 아무도 안 올 테니 이 정도면 된 것 아닌가 하는 마음으로 역시나 SNS에 글을 올렸다.

 책 한잔 상영회 〈녹색 광선〉
x/xx(금) 늦은 여덟시 @퇴근길 책 한잔
무료입장 음주관람
과음환영 진상강퇴

이렇게 심플한 공지를 올려놓고 느긋하게 누가 오나 기다렸다. 사실 누가 올 거라는 기대는 하지 않았다. 애초에 손님도 없는 데다가 처음 상영하는 영화는 에릭 로메르라는 프랑스 감독의 〈녹색 광선〉이었기 때문이다. 에릭 로메르는 내가 가장 좋아하는 감독인데 우리 가족 중에 아는 사람이 아무도 없다. 내 주변 친구들도 거의 모르고, 길 가는 사람 붙잡고 물어보면 그게 사람 이름인지 되묻는 경우가 많을 것이다. (물론 에릭 로메르의 작품은 많은 팬층을 가지고 있고 그들 사이에서는 유명하지만 〈아이언맨〉이나 〈어벤져스〉 같은 영화에 비하면 인지도가 매우 낮은 편이다.) 혼자 볼 요량으로 공지를 올렸는데 그날 무려(!) 세 명의 관람객이 왔다. 근데 고무적이었던 것은 영화를 보러 온 관객들이 모두 〈녹색 광선〉의 팬이었다는 사실이었다. 나만 좋아하는 줄 알았던 에릭 로메르의 팬들이 있었고 그들이 우리 책방을 찾아왔다. 우리는 밤늦게까지 와인을 마시면서 영화 이야기를 나누었다. 처음 보는 사람과 이름, 나이, 직업 따위 묻지 않고 영화라는 연결고리로 가족, 친구와는 나누지 못할 대화를 하게 된 것이다. 이후 매주 금요일마다 나는 좋아하는 영화를 틀었고 상영회는 우리 책방에서 가장 오랜 기간 정기적으로 진행하는 대표적 행사로 자리잡았다.

우리는 일상을 살면서 의외로 자기 이야기를 하지 못한다. 회사에서건, 가족들 사이에서건, 친구들 사이에서도 자기의 생각을 고스란히 이야기하지 못하는 경우가 많다. 그러나 우리 중 누군가는 블록버스터 영화보다 독립영화가 좋은, 아이돌 이야기보다 어제 읽은 책 이야기를 하고 싶은, 아버지로서 딸로서가 아니라 나라는 한 사람으로서 이야기 나누고 싶은 마음을 가지고 있다. 하지만 이런 이야기들을 쉽사리 입 밖으로 꺼내지 못한다. 그렇다면 그런 이야기를 나누고 싶을 때 우리는 어디로 가야 하는가.

나는 책방을 하면서 의외로 많은 사람들이 자기 마음속에 각자의 생각과 취향을 간직하고 있지만 그것을 나누지 못한다는 것을 알았다. 직장 상사와의 대화에서는 자신의 취향을 감춘 채고개를 끄덕여야 하는 일이 많고, 가족들 사이에서는 그 역할에 따라 약한 모습도 감추어야 하고 또 자기 목소리를 낮추기도 한다는 것, 우리는 매일 그런 일상을 보내고 있다는 것을 알았다. 그러나 그 사람들은 혼자만의 시간을 보내기도 하고, 또는 마음이 맞는 사람들을 찾아 취향을 공유하면서 자꾸만 옅어져가는 자기 색을 찾고자 한다. 아마도 그런 사람들 중 나와 취향이 맞는 이들이 우리 책방에 조금씩 관심을 가진 것이리라.

이때부터 나는 책방을 '숨구멍'에 비유하기 시작했다. 애초에 책방을 열 때 누구에게 잘 보이고자 한 것이 아니었기에 "이곳이 손님들에게 어떤 책방이기를 바라십니까?"라는 질문을 받으면 "그런 거 없는데요"라고 답하곤 했다. 그런데 시간이 지나면서 '내가 하고 싶은 대로 하되, 누군가에게도 자기 이야기를 할 수 있는 공간이면 좋긴 하겠구나' 하는 생각이 들었다. 누군가를 위해 억지로 하기 싫은 것들을 할 필요는 없지만, 내 멋대로 만든 공간이 누군가에게도 숨구멍처럼 자기 취향과 목소리를 내는 곳이 된다면 좋은 일 아닌가. 그래서 언젠가부터 "책방이 손님들에게 어떤 곳이기를 바라십니까"라는 질문을 받으면, "그저 숨구멍 같은 공간이었으면 좋겠어요" 하고 답한다.

그렇다. '숨구멍' 같은 공간.

SNS 셀럽 주인장의 탄생

책방의 SNS가 인기를 얻기 시작하면서 (이유는 모르겠지만 인기를 얻긴 얻었다) 나는 스스로를 '셀럽'이라고 부르기 시작했다. 물론 셀럽은커녕 '듣보잡'에 가까운 인물이지만 그럼 어떤가? 그냥 셀럽이라고 해보는 거지. 그래서일까? 사람들도 나를 '셀럽 주인장'이라 부르기 시작했다. 물론 한쪽 입꼬리를 살짝 올리면서 '셀러─업'이라고 놀리듯 부르긴 한다. 나는 그 자체가 재미있다. 지금껏 세상에는 나와 다른 사람들만 있다고 생각했는데 나와 닮은 사람들이 점점 주위로 모여드는구나 하는 느낌.

덕분에 재미난 일들도 있었다. 한번은 제주 여행을 하던 중 평대리의 작은 카페에 갔다. 차를 주문하고 앉아 있으려니 점원이 커피를 가져오며 말했다. "책 한잔 사장님이시죠?"

어떤가. 이 정도면 셀럽 아닌가? 연유를 물어보니 우리 책방 인스타그램을 팔로하고 있었는데 마침 내가 카페에 들르기 전

올린 책 사진을 봤다고 한다. 그리고 내가 그 책을 들고 카페에 들어섰으니, '이 사람이구나' 해서 먼저 인사를 한 것이었다. 그분 역시 독립출판물을 낸 작가였다. 그는 자신이 쓴 책을 한 권 내게 선물했다.

또 한번은 이런 일도 있었다. 우리 책방은 온라인으로 책을 판매하기도 하는데 하루는 주문한 책이 품절 상태라 주문자에게 전화를 걸어 안내를 해야 했다. 대체로 책방 주인 입장에서는 송구스러운 전화였다. "×××님이시죠? 죄송하지만 주문하신 도서가 품절입니다. 부득이 취소를 해드려야 할 것 같아요." 그러자 상대방은 이렇게 말했다. "네. 근데 혹시 주인장님이세요?" 내가 맞다고 하니, "어머나! 셀러—업 주인장님, 영광이에요. 오호호." 우린 유쾌하게 웃으며 통화를 마쳤다.

애초에 계획한 것은 아니지만 이렇게 SNS를 통해 우리 책방에 관심 가져준 분들에게 고마움을 느낀다. 내가 자주 하는 말이지만, '이게 뭐라고' 다들 관심을 갖고 함께 참여하고 취향을 나누어주었기에 우리 책방이 유지될 수 있었다. 흰 전지 두 장을 붙여 진행하던 상영회는 누군가가 기증한 스크린으로 업그레이드 되었고, 급기야는 독립영화관을 통째로 빌리는 것으로 발전하기도 했다.

내가 읽고 좋았던 책을 주제로 독서모임을 열기도 했고, 좋아하는 밴드를 불러 공연을 열기도 했다. 처음에는 '이런 행사에 누가 올까?' 했던 것들도 '분명 이런 취향을 가진 사람이 어딘가에 있을 거야' 하는 확신으로 바뀌었다. 비록 작은 공간이지만 이곳에는 취향이 꼭 맞는 사람들만 모인다는 자부심 혹은 뿌듯함, 아무튼 알 수 없는 기쁨이 아주 약간 차오르기도 했다.

솔직함에 대하여

솔직한 걸 좋아한다고 하니 사람들이 가끔 착각하는 경우가 있다. 내가 말을 매우 거칠게 한다거나 과격하게 표현할 것이라는 착각 말이다. 솔직함이 곧 과격함으로 읽히는 사회 인식이 조금 아쉽기는 한데 어떤 면에서는 또 이해가 된다. 학창 시절이나 (특히 군대에서) 단체생활을 할 때 가끔 이런 말을 한다. 한창 달리기를 하고 온 사람에게 "힘들어?" 하고 묻는다. 그럼 왠지 "네, 힘들어요"라고 말하기가 참 머쓱해진다.

　다른 예를 들어보자. 여럿이서 회식을 하러 중국집에 갔는데 "뭐 먹고 싶어?"라고 물었을 때, "잡채덮밥이요"라고 진짜 먹고 싶은 걸 말하기 참 어려운 분위기. 아마 우리 사회에서 누구나 느껴본 경험일 것이다. 우리는 '솔직히 이야기해봐'라고 하면서 상대방에게 내가 듣고 싶은 말을 솔직한 마음으로 해주길 바란다. 그건 솔직함이 아니라 '내가 듣고 싶은 말을 솔직한 듯 말해줘'라는 강요 아닌가.

나는 이런 상황에서 말 그대로 '솔직하게' 이야기한다. "뭐 먹고 싶어?"라고 물으면 먹고 싶은 것을 그냥 말한다. 먼저 물어봤으니까. "달리기하니 힘들어?"라 물으면 "네. 힘들어죽겠어요"라 말한다. 물론 이때 중요한 것은 괜히 긴장한다거나 상대방의 반응을 미리 걱정한다거나 하면 안 된다는 거다. 그냥 일상적 대화처럼 가볍게 "네. 힘들어요" 하면 된다.

물론 이게 쉽지 않다는 것도 안다. 특히나 직장 상사나 선배처럼 권력의 상하구조 안에서는 더욱 힘들 것이다. 그러나 내가 말하고 싶은 건 충분히 무섭지 않고 산뜻하게 이야기할 수 있다는 거다. 그리고 그렇게 하다보면 상대방도 눈치를 챈다. '쟤는 진짜 자기 하고 싶은 말을 하는구나' 하고. 그걸 가지고 눈 밖에 내는 상사가, 선배가 있다면 어쩌겠는가? 그가 그만큼 꼰대인 것을.

언제부턴가 나는 타인에게 무언가를 기대하지 않게 되었다. 아마도 사업을 몇 년간 하면서 확고해진 버릇 같다. 애초에 누군가에게 도움을 얻겠다는 마음이 없으면 크게 상대방에게 잘 보이고 싶은 생각도 없어진다. 그냥 할 만큼 하고 그걸 상대방이 좋아해주면 좋은 것이고, 아님 말고. 어쩌겠나? 내가 이런 사람이고 상대방은 저런 사람인 것을.

예전에 사업을 할 때의 일인데, 전혀 생각도 없었던 나에게 먼저 다가와서는 "내가 이렇게 대단한 사람인데, 보아하니 너희 사업에 내가 조금 힘써주면 크게 도움을 줄 수 있을 것 같다"라고 말하는 경우가 왕왕 있었다. 사업 초짜일 때는 이게 웬 떡이냐 싶어 덜컥 이야기도 들어주고 쫓아다니기도 했는데 결국 별것 없었다. 아니, 그보다 묘한 권력관계가 형성되는 것이었다. 나는 먹을 생각도 안 하는데 누군가가 옆에서 자꾸 냄새 피우면서 '소시지 하나 줄까? 내가 이거 줄 수도 있는데'라고 쿡쿡 찌르는 것 같달까?

아무튼 그런 경험을 몇 번 하고 나니 애초에 내가 바라지 않은 것에 대해서는 누구에게도 기대하지 않는 버릇 같은 것이 생겼다. 애초에 도와줄 사람이었다면 진작에 소리소문 없이 도와준다. 그러니 뭔가 큰 도움을 줄 것 같은 사람을 주의하시라. 그리고 막상 솔직하게 이야기했을 때 상대방이 나를 무지 나쁘게 볼 것 같기도 한데 오히려 생각만큼 나쁘게 보지 않을 수도 있다. (물론 좋게 본다는 말은 절대 아니다! 솔직하게 말하면 -100점을 받을 것 같은데 의외로 -30점 정도일 수 있다는 뜻이다.)

이렇게 살다보니 평상시에도 누군가에게 잘 보일 생각 없이 그냥 말하는 편이다. 이 대목에서, 하고 싶은 말을 하고 사니 맨날 소리지르고 욕하는 것 아니냐고 묻는 사람들이 있는데, 반대로 묻겠다. 당신에게 하고 싶은 대로 말하라고 하면 소리지르고 욕부터 할 것 같은가? 고마운 마음을 표현하는 것, 사랑하는 사람에게 사랑을 전하는 것 또한 솔직함이다. 솔직함이란 자신이 느끼는 감정을 거짓 없이 전달함을 말하는 것이지 화내고 소리지르는 것이 아니다. 솔직한 기분을 상대방에게 전달하면서도 충분히 톤&매너를 지키면 된다. 자, 그럼 보다 일상에서 활용 가능한 구체적 실천 사례를 들어보자.

사례 1. 언젠가 어머니와 동네 마실을 나갔다가 어머니 친구분을 마주쳤다. 나는 누군지 기억도 안 나는 분이었는데 그분도 마찬가지였을 것이다. 한참을 반갑게 우리 어머니의 팔꿈치를 붙잡고 수다를 떨다가 대화 소재가 떨어질 때쯤 고개를 돌려 나를 발견했다. 그리고 말했다.

"어머, 옆에 아들이야? 첫째인가? 둘째인가?"

우리 어머니가 첫째는 장가가서 외국에 있고 애는 둘째라고 나를 소개했다. 소개를 듣기가 무섭게 그녀는 나에게 말했다.

"그렇구나. 둘째 아들도 장가가야지."

나를 언제 봤다고! 그냥 할말 없으니 던지는 말이지 않겠는가. 나는 이때 "밤공기가 좋네요" 혹은 "저녁 참 맛있었죠?" 정도의 목소리 톤으로 그녀의 어깨를 감싸며 말했다.

"할말 없으시죠? 자, 이제 가시던 길 가세요."

그녀는 간단히 마무리 인사를 하고 투우 경기에서 성난 소가 투우사가 흔드는 빨간 깃발을 통과하듯 우리를 지나쳐갔다.

사례 2. 예전에 한창 소개팅에 열을 올리던 시절이 있었다. 지금은 안 한 지 오래됐지만. 소개팅을 자주 하다보니 좀 답답한 게 있었다. 매번 토요일 저녁 6시에 강남역 11번 출구 앞에서 만나 (항상 그곳에는 나처럼 소개팅을 하러 나온 남자들이 득실득실했다) 파스타를 먹으러 가는 것이었다. (그 파스타집에는 아까 11번 출구 앞에서 마주친 남자들이 역시나 득실득실했다.) 그러고는 매번 똑같은 이야기의 반복이었다. 어쩌다 마음이 맞아 애프터를 신청하고서 잘 보이려고 포장한 모습 말고 본색을 드러내려고 하면 퇴짜를 맞거나 상대방도 반전 본색을 드러내 서로 안 맞는 경험 또한 반복이었다. 그 시간과 돈이 아까워 첫 만남부터 '솔직'하기로 했다. 그렇다고 처음 만나는 장소를 독단적으로 결정하는 것은 예의가 아니니 나름의 톤&매너를 갖춰 이야기했다.

"남들이랑 똑같이 강남역 소개팅 전용 파스타집에 가서 기억에도 안 남는 이야기하는 방법이 있구요. 제가 평소에 즐겨 가는 술집에서 편하게 이야기하는 방법도 있어요."

이렇게 말을 하니 의외로 많은 이들이 후자를 선호했고 그럼 나는 "편한 곳이니 편한 차림으로 나오세요. 화장 안 해도 되고 슬리퍼 신고 나와도 돼요"라고 답했다. 물론 그렇게 만나서도 잘 안 맞는 경우도 있었는데 그런 사람이라면 애초에 파스타집에서 만난 후 애프터 만남 때 같은 술집에 갔어도 안 맞았을 것이다.

누군가에게 도움을 얻을 기대를 안 하는 것 그리고 나를 과도하게 잘 보이고 싶어하지도 않는 것, 그게 내가 생각하는 솔직함이다. 그리고 나는 이렇게 솔직함으로 표현하는 사람들과 이야기 나누는 것을 좋아한다.

불꽃같은 삶을 좋아한다

📖

게리 올드만 주연의 1986년 영화 〈시드와 낸시〉는 고가의 롤스로이스 차의 보닛 위 로고를 발로 뻥 차는 장면으로 시작한다. 가죽바지를 입고 머리를 삐쭉 세운 빈털터리 청년들이 남의 차를, 그것도 최고급 롤스로이스 로고를 박살낸 것이다. 왜? 딱히 이유는 나오지 않는다. 이런 똘끼 충만한 행동을 한 사람은 바로 영국의 펑크록 밴드 섹스 피스톨스의 시드 비셔스와 조니 로튼이다. 온통 기존 질서에 대한 반항과 분노로 가득찬 이 청년들은 거침없이 달려나간다. 그들에게 롤스로이스는 발로 걷어차야 할 대상이고, 음악과 마약만이 유일한 탈출구일 뿐이다.

〈시드와 낸시〉는 실존 인물인 시드 비셔스와 그의 연인 낸시 스펀젠의 이야기를 다룬 영화인데, 그들의 불꽃같은 삶이 영화 속에 고스란히 담겨 있다. 섹스 피스톨스에서 베이스를 맡았던 시드 비셔스는 실상 베이스를 칠 줄 모르고 그마저도 무대 위에서 때리고 부수기 십상이다. 저항과 분노로 대표되는 그들은

70년대 후반 영국에서 큰 반향을 일으켰고 미국 투어를 하기도 한다. 미친듯이 달려나가는 시드와 낸시의 성향은 급기야 낸시의 사망이라는 큰 사건에 이르렀고, 얼마 지나지 않아 시드 또한 약물로 사망에 이른다.

약물과 폭력 그리고 이른 죽음. 그들의 삶을 누군가는 실패했다고 규정지을지도 모르겠다. 그러나 적어도 이들은 짧은 삶이라도 자신의 불꽃을 내지 않았던가. 우리는 과연 단 하루라도 나로서 불꽃을 내본 적이 있는가. 그저 그렇게 하루를 보내고 반쯤 죽은 듯 반쯤 산 듯이 지내는 뜨뜻미지근한 일상을 엿가락 늘이듯 죽 늘여온 것은 아닐까.

시드 비셔스 말고도 내가 좋아하는 사람들은 많다. 프랑스의 유명 작가인 로맹 가리와 그의 연인 진 세버그. 이 두 사람도 불꽃같은 삶을 살았다. 둘은 스물네 살이라는 나이 차에다 프랑스와 미국이라는 국적마저 다른 사람들이었다. 외교관이자 유명한 작가였던 로맹 가리와 이제 막 세상에 나온 젊은 배우였던 진 세버그, 두 사람은 불같은 사랑에 빠졌다가 헤어지기를 반복했다. 이들이 사랑에 빠졌을 때 이미 로맹 가리는 유부남이었으나 그것이 그들의 사랑을 막을 수는 없었다. 미국과 프랑스를 오가며 세상이 정해놓은 온갖 장벽을 거스르며 처절하게 사랑하고 또 처절하게 살고자 했다. 결국 진 세버그는 안타깝게도 젊은 나이에 사망하였고 이후 로맹 가리도 자살로 생을 마감했다. (더 궁금하다면 이들의 이야기를 다룬 책 『로맹 가리와 진 세버그의 숨가쁜 사랑』을 참고하기 바란다.)

나는 불꽃같은 삶을 살다간 사람들을 동경한다. 그 불꽃은 위선과 가식으로 가득찬 세상과 불화할 때만 발화하는 것이다. 그 단단한 세상의 벽과 마찰할 때만 파바박 삶의 불꽃이 튄다. 젖은 성냥처럼 하루하루 질식해 사느니 세상과 불화하며 한순간의 불꽃으로 온전히 나의 것으로 태우며 살고 싶다. 그런 삶을 나는 꿈꾼다.

자발적 거지 주인장 1

'주인장이 제멋대로 하는 요상한 책방이 있다더라' 하는 소문이 SNS로 퍼지기 시작했는지 어느샌가 잡지나 언론사 등에서 인터뷰를 요청해왔다. 대체로는 '요즘 핫한 독립책방 4', '이번 주말 가볼 만한 추천 데이트 코스' 등의 가십용이었는데, 이런 경우 기자가 취재랍시고 대뜸 와서 사진만 몇 장 찍고는 영업시간, 파는 술의 종류와 가격 등을 적어서 금세 책방을 나서기 일쑤였다. 어차피 그런 기사는 우리 책방을 잘 이해하고 쓰지도 않을 뿐더러 그 기사를 읽는 독자들도 우리 책방과 맞지 않을 것이라는 생각에 나 역시 큰 기대를 하지 않았다.

그런데 간간이 책방이 아니라, 주인장인 '나'에 대해 인물 인터뷰를 하고자 하는 기획 기사들이 있었다. 이 경우, 대체로는 기자 자신이 독립책방에 관심이 많았고 우리 책방과 주인장인 나에 대해 궁금해서 인터뷰를 요청하는 경우였다. 나 역시 이런 인터뷰에 응할 때 재미도 있었고, 오히려 인터뷰를 하면서 나의 생각도 정리되는 기분이 들어 좋았다. 그중 초창기에 했던 심층 인터뷰는 훗날 내가 두고두고 우려먹게 될 귀한 캐릭터를 하나 만들어주었다.

아마도 책방을 열고 4~5개월쯤 지나서의 일일 것이다. A매거진에서 '흔치 않은 직업'을 가진 사람들을 심층 인터뷰한다고 연락이 온 것이. 처음 들어본 이름의 잡지였는데 '어차피 손님도 없고 한가하니 수다나 떨어야지' 하는 마음으로 인터뷰에 응했다. (주로 나는 이런 마음으로 인터뷰에 응한다.) 마침 책방 근처에 사는 기자였고 역시나 우리 책방에 대해 관심도 있고 사전 정보도 많이 준비해왔더랬다. 독립책방이란 무엇이냐, 책방 이름은 왜 이렇게 지었느냐, 어떻게 하다가 이런 돈 안 되는 일을 하게 되었느냐, 너 이상한 사람 아니냐 등의 질문이 자연스럽게 이어졌다. 나는 책방 주인이 뭐 그리 '흔치 않은 직업'일까 싶은 의구심도 조금 들긴 했지만 어쨌거나 받은 질문에 답을 해나갔다.

인터뷰 요청이 왔을 때 A매거진의 예전 기사들을 찾아보았다. 수화 통역사, 스턴트맨과 같은 직업을 가진 사람들을 꽤 심층적으로 인터뷰한 기사들이 나왔다. '와, 나도 이렇게 독립책방을 운영하는 사람으로 멋지게 나오겠군' 하는 기대감이 스멀스멀 올라왔다.

인터뷰 말미에 요즘같이 취업도 어렵고 돈 벌기 힘든 세상에 책을 팔아서 과연 먹고살 수 있겠는가, 그런 것을 알 텐데 군이 책방을 시작한 특별한 이유가 있는가라는 질문을 기자가 나에게 던졌다. 나는 아래와 같이 답을 했고, 이것이 내 인터뷰의 마지막 부분이 되었다.

"저는 삶에 대한 목표는 두지 않아요. 그때그때 하고 싶은 것을 할 수 있는 태도가 제일 중요하다고 생각해요. 무언가 목표를 잡아놓고 그것에 도달하기 위한 게 인생이라고 생각하지는 않아요. 그냥 '나로서 존재하는 연속성이 인생이라고 보는 거죠. 그렇기 때문에 앞으로의 계획은 나의 선택의 자유를 끝까지 지키면서 살아가는 거예요. 세상 속 경쟁에서 살아남으면 노예가 되고, 살아남지 못하면 거지가 되는 것. 그런 게 허무하다는 생각을 했죠. 하지만 저는 자발적 거지예요. 나름의 자부도 있어요. 주저하지 않고 선택을 하는 사람이고 싶어요. 그게 생각보다 참 어려운 일이에요. 엄청 투쟁해야 해요."

나는 주로 이런 류의 말을 들으며 자랐다. "너 시키는 대로 열심히 해. 공부든, 일이든. 그래야 좋은 학교 가고 좋은 직장에 들어갈 수 있어. 뭐? 싫어? 너 그럼 거지 된다. 큰일나." 나 역시 낙오되면 안 된다는 불안감에 시키는 것은 열심히 하려고도 했었고, 억지로 웃으면서 남의 비위 맞춰보려고도 했었다. 그렇게 살았는데 딱히 잘되는 것도 없는 것 같았다. 아니, 오히려 부자는 따로 있고 그냥 착하게 살면 누가 부려먹기 좋은 '노예'로 일만 하는 기분이 들었다.

'왜 이러지? 시키는 대로 했는데. 근데 왜 나는 계속 사는 게 힘들고 자꾸 남이 시키는 일만 하는 노예가 되는 거지? 그런데 시키는 것 안 하면 거지 된다고 하던데. 그건 또 싫은데.'

이런 생각을 하다보니 뭔가 좀 얄궂다는 느낌이 들었다. 사회가 강요한 대로 살아봤자 일만 하는 '노예'가 되고, 그걸 거부하면 '거지'가 되어야 하는 구조가 말이다. 그래서 '그럼 까짓것 나 자발적으로 거지 할게. 더이상 나한테 뭐라 하지 마!'라는 심정으로 멋대로 살겠다고 마음먹었다. 그런 취지로 인터뷰에 답을 한 것이다.

몇 주 뒤 인터뷰 기사가 잡지에 실렸다면서 기자로부터 연락이 왔다. 잡지를 펴보니 기사 제목에 '흔치 않은 직업, 자발적 거지'라고 쓰여 있는 것이 아닌가. 뭐지? 책방 주인이 아니었나? 나는 한 번도 '자발적 거지'가 나의 직업이라고 생각해본 적이 없었다. 처음엔 좀 당황스러웠는데 기사를 찬찬히 읽어나가다가 마지막 부분을 읽고서 수긍이 갔다. 그리고 오히려 '자발적 거지'라는 단어가 마음에 들었다. 내가 왜 책방을 하면서 살기로 했는지에 대해 길게 떠드는 것보다 '자발적 거지'라는 표현 하나로 많은 것이 설명될 수 있겠다 싶었다. 그 이후로 누군가에

게 나를 설명할 때, 책방 주인에 더하여 '자발적 거지'라고 소개
한다.

자발적 거지 주인장 2

스스로를 '자발적 거지'라고 소개하다보니 때때로 오해를 받기도 한다. "도대체 얼마나 거지길래 스스로를 거지라고 부르느냐", "정말 거지라면 자신을 거지라고 부를 수 있겠느냐" 반문하기도 한다. 물론 나는 아직 젊고, 빚도 없으며, 몸도 건강하다. 돈이 많은 부자는 아니지만 이와 같은 사회적 자산을 많이 가지고 있는 것은 사실이다.

그렇다고 우리 사회가 살기 너무 힘들다고 말할 자격까지 없다고 할 수 있나. 우리는 주로 누군가가 살기 힘들다고 하면, '나는 더 힘들어'라는 식으로 받아친다. 마치 더 힘든 사람만이 힘들다고 말할 자격이 된다는 생각 같은데 나는 이것을 '불행 배틀'이라고 부른다. '불행 배틀'을 계속하게 되면 사회에서 가장 힘든 한 사람만이 자신의 어려움을 토로할 수 있게 될 것이고, 이것은 전형적인 꼰대의 사고방식이다. '지금이 힘들다고? 우리 때는 더 힘들었어'라는 생각. 평소에 자주 듣는 꼰대들의 말 아닌

가. 누구든 자신의 위치에서 각자 갖는 어려움이 있고 또 고치고 싶은 부분이 있다면 이야기할 수 있어야 한다. 누군가가 흙수저로 태어나 살기 힘든 사회라고 지적하면, '내가 더 흙수저다'라고 이야기할 것이 아니라, 타고난 배경으로 인생이 결정되는 사회적 구조가 문제이고 이것을 다 같이 고쳐나가보자고 이야기하는 게 맞지 않을까?

　내가 이야기하는 '자발적 거지'란 돈만을 좇는 자본주의 구조 안에서 보다 인간다운 삶을 고민해보는 것이다. 돈을 조금 더 벌기 위해 과연 우리는 어디까지 우리의 삶과 영혼을 내어주어야 하는가, 이 부분을 같이 고민해보자는 것이다. 누군가 100억을 벌 수 있지만 조금 더 인간적인 삶을 위해 50억만 버는 선택을 했다고 하자. 이를테면 가족과의 시간을 더 쓰기 위해, 혹은 조금 더 정직한 방식으로 돈을 벌고 싶어서 50억만 벌겠다고 한다면 그 사람 또한 '자발적 거지'의 삶을 추구하는 것이다.

　우리 사회는 이미 부익부빈익빈 사회가 된 지 오래다. 소득이 높은 상위 10% 정도의 인구가 우리 사회 전체 소득의 절반 가까이를 차지하고 있다. 한마디로 100명이 같이 일을 했는데 10명이 전체 번 돈의 반을 가지고 있는 셈이다. 사회구조가 바뀌지 않는다면 앞으로 이런 불평등은 더욱 심해질 것이다. 그리고 소수의 기득권을 제외한 다수가 인간적인 삶을 살기는 더욱 어려워질 것이다.

우리가 화를 내야 하는 대상은 바로 내 앞에 있는 사람이 아니라, 저멀리 있는 소수의 기득권이다. 1등이 모든 것을 다 쥐고 있는데 10등이 그것을 문제 제기한다고 해서 11등부터 나머지 모두가 10등에게 "너는 그래도 나보다 낫잖아"라고 이야기하는 것은 오히려 1등의 권력만 옹호해주는 것이다. 누구 연봉이 100만 원 더 높고 낮고 따지기보다 살았는지 죽었는지 모르는 우리나라 최고 부자가 병실에 누워만 있어도 배당금으로 해마다 3천억씩 받는 현실에 의문을 던져야 할 것이다. (물론 연봉 100만 원도 큰 차이인 것은 맞다. 하지만 보다 근본적인 문제부터 함께 힘을 모아 해결해야 한다는 것이다.)

유시민 작가는 그의 책 『어떻게 살 것인가』에서 사회의 진보에 대해 이렇게 말했다.

진보주의란 '유전자를 공유하지 않은 타인의 복지에 대한 진정한 관심과, 타인의 복지를 위해 사적 자원의 많은 부분을 내놓은 자발성'이다.

가히 탁견이다. 거창한 이데올로기적 관점을 떠나 사회가 진보한다는 것은 결국, 이기에서 이타로, 즉 '나'에게서 '너'에게로 인식이 확장함을 의미한다. "아프냐? 나도 아프다"라는 어느 드라마의 대사처럼 타인의 감정을 헤아리는 것, 타인의 고통을 함께 느끼고 나누는 것, 그 자체가 사회의 발전인 것이다.

우리나라는 전 세계에서 자살률이 1위다. 단순한 1위가 아니라 2위의 두 배가 넘는, 독보적 1위! 누군가가 자살했다는 안타까운 소식이 있을 때 나는 누군가가 줄곧 이렇게 말하는 것을 들었다.

"죽을 마음으로 악착같이 살지. 왜 죽어?"

어렸을 때 이런 이야기를 들으면 왠지 고개가 갸웃거려지곤 했다. '오죽하면 죽었을까?' 하는 마음이 들었기 때문이다. 대체로 죽을 마음으로 살지 왜 죽느냐고 이야기하는 사람들은 '내가 어렸을 때는 더 힘들었어. 더 춥고 더 배고프고 그랬는데 죽을힘으로 산 거야'라고 자랑스럽게 이야기한다. 그렇다면 자살한 사람도 그런 마음으로 얼마나 버텼겠는가. 버티고 버티다가 도저히 견디지 못할 사정이 있으니 비극적 선택을 한 것 아닌가. 누군가의 자살을 '남의 일'로 보면 그것은 그 사람만의 자살이 된다. 그러나 타인의 자살을 '나의 일'로 여기는 순간, 그것은 곧 내가 속한 사회의 문제가 된다.

나는 하고 싶은 일을 즐겁게 하면서 좋은 사람들과 안정적이고 편안한 공간에서 자유롭게 살고 싶다. 돈을 인간 위에 놓지 않고, 인간을 인간으로 대하면서 살고 싶다. 내가 그렇게 살고 싶기 때문에 다른 사람 또한 그렇게 살 수 있어야 한다고 생각한다. 그래서 지금 당장 나는 괜찮더라도 누군가가 불편을 느끼거나 억압을 당한다면 내 목소리를 얹고 힘을 보태서라도 문제를 해결하고 싶다. 그 문제가 언제 나에게 닥쳐올지도 모르기에.

나는 더이상 금수저 흙수저 없는 세상을 꿈꾼다. '노예'도 '거지'도 아닌, 모두가 인간으로 대접받는 사회를 바란다. 그런 관점에서 안타깝게도 아직 우리 사회는 갈 길이 멀어 보인다. 어쩌겠는가. 주어진 조건이 이런 것을. 갈 길이 멀다면 욕심내지 않고 묵묵히 가는 것이 좋다. 콧노래도 흥얼거리고, 길옆에 난 꽃도 한 번씩 보면서 흥겹게 가고 싶다. 나는 보다 인간적인 삶을 꿈꾸는 자발적 거지로 살고 있다.

예쁜 쓰레기를 팔아 예쁜 쓰레기를 산다

📖

우리는 자본주의 세상에 살고 있다. 선택한 적 없지만, 뭐 그렇게 되었다. 그마저도 지금은 21세기 자본주의 세상이다. 자본주의가 거창한 말 같지만 그저 돈이 세상을 움직이게 하는 기준이 된다는 것 아니겠는가. 중세시대 유럽은 지금처럼 자본보다는 (물론 그 당시에도 돈은 중요한 가치를 지녔었다) 종교가 우선하였고, 그 무렵 우리나라 조선은 유교 윤리가 우선하는 사회였다. 현대사회 역시 물론 종교도 있고, (내가 아주 지긋지긋해하는) 유교 윤리도 남아 있지만, 돈만큼 힘을 쓰지는 못한다.

자본주의가 마냥 나쁘다고 말하려는 것은 아니다. 인간이 일을 해서 생산물을 만들고 그것으로 얻은 이익으로 생존해나가는 것, 그것은 절대 나쁜 일이 아니다. 그런데 자본주의의 시작과는 달리 시간이 지나 사회가 발전하면서 점점 자본의 힘이 커지고 있다. 쉽게 말해서 노동자로 열심히 일을 해서 먹고살 수 있어야 하는데 이제는 노동의 가치보다는 자본(돈)의 가치가 너무 커져버렸다. 열심히 일해서 부자 되는 것이 아니라, 주식을 해서, 건물을 사서 돈을 번다. 한마디로 '돈이 돈을 버는 세상'인 것이다. 그렇다보니 사람들의 인생 목표가 '열심히 일해서 부자 되는 것'이 아니라 '일 안 해도 부자인 건물주가 되는 것'으로 바뀐 지 오래다. 왜냐, 열심히 일을 해서는 부자가 될 가망이 없으니까.

이미 우리는 인류 모두가 먹고도 남을 만큼의 식량을 생산해내고 있다. 그러나 아프리카에서만 기아로 수많은 아이들이 죽어가고 미국에서는 비만으로 수많은 사람들이 고통받는다. 우리나라의 경우, 실제 필요한 집보다 많은 집이 이미 있다. 게다가 우리 주변에는 에어컨도 있고, 김치냉장고도 있고, 녹즙기며, 컵받침이며, 숱하게 많은 '상품'들이 넘쳐난다. 가끔은 이 모든 게 정말 다 필요한 건가 싶을 정도다. 그런데 자본주의는 이런 것들이 다 필요하다고 말한다. 멈추지 않고 생산하고 소비해야 하기에 우리는 끊임없이 만들고 소비한다.

이미 나올 건 다 나온 것 같다. 새로울 게 없는 세상에서 무언가를 소비하게 만들려고 하니 점점 우리는 쓸모없는 것들을 만들어 소비자의 욕망을 자극한다. 즉, '예쁜 쓰레기를 만들어 파는 것'이다. 물론 모든 사람들이 그렇다고는 할 수 없지만 점점 많은 영역의 일들이 바로 이 '예쁜 쓰레기'와 연관되어가고 있다.

예전에 사업을 하면서 어떻게 하면 돈을 벌까 하고 밤낮으로 고민해본 적이 있다. 결국 돈을 번다는 것은 파는 값(매출)에서 만든 값(비용)을 빼고 남는 부분(수익)을 만들어내는 것이다. 그렇다면 돈을 버는 방법은 매우 간단하다. 파는 값을 늘리거나, 만든 값을 줄이거나.

파는 값을 늘리는 법이 재미있는데, 100원짜리를 200원짜리로 팔면 된다. 정말 유능한 사람은 100원짜리를 1,000원, 심지어 10,000원에 판다. 여기에 만든 값을 줄이면 돈을 더 벌 수 있다. 100원을 들여 만들던 것을 50원만 들여 만들면 돈을 더 벌 수 있다. 그러려면 더 싼 재료를 써야 하고 더 적은 임금(월급)을 주면 된다. 극단적으로 말하면 누가 만든 쓰레기에 가치를 부여해서 누군가가 돈을 주고 사게 만든다면 그게 바로 가장 좋은 비즈니스인 것이다. 생각이 이쯤에 미쳤을 때, 나는 사업이 약간의 사기와 같다는 생각을 했다. 물론 합법적인 형태의 사기.

구조가 이렇다보니 돈을 많이 벌고자 하는 사람은 본래 상품의 가치보다 훨씬 뻥튀기해서 팔아야 한다. 이를테면 누가 만든 쓰레기를 유명 연예인이 들고 홍보를 하는 것이다. "저도 이것을 쓰는데요. 참 좋습니다"라고 말이다. 텔레비전에 숱하게 나오는 광고들을 보라. 거의 이 맥락에서 벗어나지 않는다. 심지어는 효도도 상품이 되고, 장례식도 돈벌이가 된다. 그리고 우리는 이 과정 어딘가에서 일을 하며 돈을 벌고 있다. 그렇게 번 돈으로 누군가가 만든 또다른 '예쁜 쓰레기'를 사려고 치열하게 검색하고 그마저도 5% 할인을 받아 무료배송으로 구매한다. 참으로 알뜰하게.

예전에 회사에 다닐 때의 일이다. 회식 자리에서 한 상사가 이렇게 말했다.

"요즘 성공한 삶이란 말이야, 아산병원에서 태어나서 영동세브란스에서 죽는 거라더군. 하하하."

도대체 뭐가 웃긴지 모르겠다. 어떻게 죽기 위해 삶을 사는 건 아닌데 말이다. 나는 내가 죽어서 성대한 장례식, 남 보란 듯한 장례식을 치르기 위해 지금을 희생하고 싶지 않다. 평생 열심히 일만 하다가 부자로 죽어서 성대한 장례식을 치르느니, 그냥 좋아하는 사람들과 술이나 실컷 마시고 객사하고 말겠다.

물론 우리가 '예쁜 쓰레기'를 서로에게 사고팔고 있다고 해서 꼭 자괴감이나 죄책감을 느낄 필요는 없다. 우리 개개인이 아니라 지금의 자본주의라는 큰 구조가 우리를 이렇게 만든 것이니까. 우리는 어찌되었건 먹고살아야 하고 치열하게든 비참하게든 이 구조 안에서 살아남아야 한다. 그러니 '나도 예쁜 쓰레기를 팔고 있었어!'라며 너무 우울해하지는 마시기를. 자본주의라는 연극 무대 위에서 태어났다는 사실을 자각하고 그냥 그렇게 살면 된다. 다만 이 엉터리 촌극 같은 무대가 절대 불변의 진리 같은 세상이라고 착각하지는 말자. 돈이 진정한 절대 가치를 지닌 무엇이라고 믿지 않고 살면 된다.

언젠가 '자본주의 미소'라는 말을 처음 듣고 한참을 웃었던 적이 있다. 평소 생각은 했었으나 미처 명명하지 못했던 무언가를 이렇게 명쾌한 용어로 표현해낸 사람들을 나는 존경한다. 잡지 광고 등에 나오는 숱한 미소들을 보라. 그것이 바로 '자본주의 미소'다. 꼭 잡지 광고가 아니어도 아침에 출근해서 짓는 미소, 고객을 대할 때 짓는 미소, 광고 전화를 타고 흘러오는 미소, 이 모두가 '자본주의 미소'다. 나는 우리가 억지로 미소 지어야 하는 상황이 너무나 싫다. 하지만 잡지에서 미소 짓는 연예인을 보면 귀엽기도 하고, 오히려 인간적으로 보이기도 한다. 우리도 다 그렇게 살아가니까. 우리는 귀엽고 예쁜 사람들이니까.

나는 스스로를 회의주의자라고 여긴다. 이상적인 사회는 상상으로 가능하지만 과연 현실에서 우리 인간들이 힘을 모아서 달성할 수 있을까 하는 것에는 회의적이다. 우리에게 그럴 능력이 있었다면 진작에 인간 사회는 유토피아가 됐을 것이다.

그러나 그렇다고 무기력하게 가만히 있고 싶지는 않다. 아무리 사회가 변하지 않더라도 꾸준히 자신이 옳다고 느끼는 방향대로 행동해야 한다. 계란으로 바위를 치는 것은 바위를 단숨에 깨기 위한 것이 아니라 설혹 바위가 영원히 깨지지 않더라도 깨지는 것이 맞다고 생각하기에 할 수 있는 일이다. 이탈리아의 정치가 안토니오 그람시는 멋진 말을 남겼다.

이성으로 비관하되, 의지로 낙관하라.

우리가 사는 세상은 객관적으로 보면 지옥일지 모른다. 그리고 시간이 흐를수록 더 지옥이 되어가는지도 모른다. 이렇게 이성적으로는 상황이 비관적임을 직시하되, 의지로는 낙관하며 자신의 뜻대로 하루하루 살아나가는 것이 결국 우리가 사는 세상을 조금이나마 바꾸는 행동 아닐까?

예쁜 쓰레기가 난무하는 지금의 자본주의 사회에서 우리는 어떤 선택을 하며 살아야 할까? 나도 그 답을 알지는 못한다. 다만 그저 이런 세상에 살고 있다는 인식, 그것만으로도 각자 선택을 하는 데에 있어 도움이 되지 않을까 싶다. 내가 좋아하는 목수정 작가는 언젠가 강연에서 세상을 바꾸는 손쉬운 방법이 있다고 이야기한 적이 있다. 그것은 바로 내가 이미 원하는 세상에 살고 있는 것처럼 행동하는 것이다. 그녀가 수년 전 직장생활을 할 때, 아이를 낳고서 당시만 해도 생소했던 육아휴직을 신청했다고 한다. 당시 자신 스스로가 육아휴직을 당당히 쓸 수 있는 세상이 좋은 세상이라고 여겼으니까. 처음에 주변 사람들은 조금 당황했을지 몰라도 그 이후, 조직에서 육아휴직을 쓰는 문화가 시작되었다고 한다.

비록 이 거대한 구조 전체를 일순간에 바꿀 수는 없더라도 나부터 이미 미래에 도착한 듯, 이상적 사회에 사는 것처럼 행동해보는 것은 어떨까? 예쁜 쓰레기 좀 덜 사고, 조금 더 인간적인 행동들을 일상에서 실천해보자. 이러한 실천이 작지만 큰 변화를 만들 수 있을지 모른다. 최소한 내 뜻대로 실천하는 순간 '나'라는 사람 한 명은 이미 변했을 테니 말이다.

그나저나, 이 책 보고 '예쁜 쓰레기'라고 하는 건 아니겠지? 뭐, 예쁘기라도 하면 다행이겠지만.

조지 해리슨과
주인장

조지 해리슨을 아시나요? 비틀스의 멤버로 널리 알려진 기타리스트 이자 뮤지션이죠. 주인장도 그렇게만 알고 있었습니다. 이 영화를 보기 전까지.

몇 해 전 상상마당에서 조지 해리슨의 삶을 다룬 다큐멘터리 〈조지 해리슨: 물질세계에서의 삶 Living in the Material World〉을 다시 보았습니다. 영화에는 물질세계에서 벗어나 영적세계에 다다르고자 했던 한 인물이 담겨 있었어요. (뭔가 주인장이랑 비슷한 면도 있는 것 같고.)

아무튼 물질세계, 그것도 인간과 생명이 경시되는 매정한 물질세계에 살아가는 우리에게 한 번쯤 생각해볼 문제를 던지는 영화입니다. 관심 있는 분들은 찾아보시기를. 대체 우리는 왜 이런 세상과 시간을 견뎌야만 하는 걸까요?

덕분에 주인장은 어제부터 조지 해리슨과 비틀스 음악만 주구장창 듣고 있어요. 이따 책방 재즈 공연 때도 〈렛 잇 비〉 신청해야지.

책방을 통해 만난 사람들

책방을 시작한 지 두어 달쯤 지났을 때의 일이다. 책방 문을 닫을 즈음 노년의 남성이 문을 열고 들어왔다. 편안한 차림으로 보아 동네 사람 같았고 술을 한잔하고 집에 가는 길인 듯했다. 대뜸 "여기가 뭐하는 곳이냐?"고 묻길래 "책방이다!"라고 답했고 이내 그는 "젊은 사람이 훌륭한 일 하네!" 하며 혼잣말을 시작했다.

수년 전 D출판사 본부장까지 지냈다며 묻지도 않은 자기소개를 한 그는 나를 보며 아들 같아 하는 소리라며 설교를 시작했다. 책방을 운영하는 것은 훌륭한 일이라는 칭찬으로 시작한 그의 설교는 요즘 사람들이 책을 읽지 않는다는 불만으로 이어졌고 급기야 이런 동네 책방은 더이상 미래가 없다는 결론에 스스로 다다랐다. 혼자 오랜 시간 내가 듣지도 않는 이야기를 하던 그는 이 책방은 6개월 안에 문 달 거라는 저주를 남기고 사라졌다. 그후로 그는 한 번도 우리 책방을 찾지 않았다.

책방을 하다보면 참으로 다양한 사람들을 만나게 된다. 그중에 대체로 조언이랍시고 잔소리만 잔뜩 늘어놓는 인간군이 간혹 있다. 내가 잔소리와 조언을 구분하는 기준은 딱 하나. 내가 먼저 물어봤는가 아닌가. 내가 먼저 물어본 것에 대해 답을 하는 것은 내가 필요로 하는 조언이다. 고로 귀담아듣는다. 그런데 책방에 와서 묻지도 않은 이야기를 대뜸 시작하는 사람들은 열에 아홉, 아니 열에 열은 그저 잔소리꾼들이다. 짐짓 근엄한 듯 찾아와 의자에 앉고서는 "참 훌륭한 일을 하신다", "어떻게 이 일을 시작하게 되었느냐"로 시작해서 "근데 내 경험으로 한마디 하자면"으로 이어지다가 어김없이 잔소리로 이어진다. 나는 그럴 때 나지막이 읊조린다.

"꺼져."

나는 애초에 책방을 열 때 누구의 도움도 얻지 않았다. 온전히 내 돈으로 시작했고, 내 시간과 몸을 써서 책방을 만들었다. 누구한테 책을 억지로 팔 생각도 없고 2호점, 3호점 내서 강남에 아파트 살 기대도 없다. (애초에 가능하지도 않다!) 그렇기에 누군가 내가 원치도 않은 조언을 하려고 하면 가뿐히 무시해버린다. 물론 애정 어린 조언들도 있다. 그런데 내가 싫으면 조언을 듣고도 아무것도 안 한다. 그런 조언을 할 거면 책이나 한 권 사주지. 보통 저렇게 잔소리만 하고 나가는 사람들은 책 한 권 집어가지 않는다. 나는 책방을 하면서 세상에는 참으로 오지랖 넓은 이가 많다는 걸 다시금 느꼈다.

책방을 통해 만난 또다른 부류의 사람군은 바로 '소심한 사람군'이다. 나는 타고난 성향이 소심함과는 거리가 있는 편이다. 대범함과 소심함 중에 뭐가 더 낫고 아니고, 또 옳고 그르고 한 것은 당연히 없다. 다만 내가 가진 성향 자체가 소심하지 않기에 소심한 사람들이 어떻게 행동하는지 잘 몰랐다고 하는 게 맞겠다. 책방에서 여는 행사들이 많아지면서 그에 대한 문의나 댓글도 자연히 많아지기 시작했다. 이를테면 독서모임 인원을 모집한다고 공지를 올리면 곧바로 이런 댓글이 달린다.

— 혹시 마감됐나요?

주로 이런 댓글이 공지를 올린 후에 오는 첫번째 반응이다. 그후에 이런 댓글이 이어 달린다. '지방 사람은 웁니다' 혹은 '×일 말고 ××일에 모임 열어주시면 안 될까요?' 처음에는 이런 반응에 일일이 답을 했었다. 아직 마감되지 않았고, ××일로 변경하면 참여 가능하느냐고 되묻기도 했으나 이상하게도 저렇게 물어보는 분들치고 정작 모임을 신청한 분들이 별로 없었다. 3년 가까이 비슷한 패턴을 접하다보니 그저 댓글로 가고 싶다는 의지만 표하는 것 아닐까 하는 생각도 들었다. (물론 이것은 어디까지나 나의 느껌이고, 실제로 댓글로 문의하고 모임 신청하는 분들도 있기는 하다. 다만 그 수가 적을 뿐.)

　더 나아가서는 직접 전화까지 하고 안 오는 경우도 있다. 금요일 저녁 8시, 책방에서 영화 상영회를 진행하는 날이었다. 한창 상영회 준비를 하고 있는데 7시 50분쯤 전화가 한 통 왔다. 지금 이대역 5번 출구 앞인데 어떻게 가야 하느냐고. 이대역 5번 출구에서 우리 책방까지는 걸어서 넉넉히 5분 정도 걸린다며 오는 길을 설명해드리고 혹 못 찾으면 다시 연락하라는 안내를 하고 전화를 끊었다. 그런데 통화 후, 그날 상영회에 더 참석한 사람은 없었다. 그게 2015년 가을의 일이니까, 그분은 5분 거리를 2년 반이 넘도록 아직 안 오고 있는 것이다. 어디로 간 걸까?

　하나 더 이야기하자면, 재고만 파악하는 사람들도 있다. 나는 이를 '프로 재고파악러'라고 부르는데, 대체로 이런 경우다. 나는 새로 들어온 책을 일일이 책방 블로그와 온라인 상점에 등록한다. 그럼 그 링크를 통해 온라인으로 주문이 가능하다. 그런데 때때로 새로 들어온 책에 대해 "재고 있나요?" 하고 묻는 경우가 있다. 그래서 있노라고, 구매 가능하다고 답을 하면, 그 이후로 아무런 답이 없다. 온라인으로든 오프라인으로든 그 책을 구매한 사람이 없으니 그냥 재고만 파악하고 연락을 끊었다고밖에 볼 수가 없다.

책방에 가만히 앉아 있으면 이렇게 다양한 사람들을 보게 된다. 재미난 경우인데, 처음에는 왜 저러나 이해가 안 됐으나 이제는 어느 정도 공감도 간다. 사람이 다 다르지 않은가. 이런저런 고민과 망설임으로 막상 신청하려다가 결국에는 못하는 분들도 많은 것 같다. 그래서 나는 항상 모임 공지 끝에 이런 문구를 남긴다.

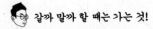 갈까 말까 할 때는 가는 것!

여행 좋아하세요?

처음 만나는 사람에게 던지기 좋은 질문 두 가지가 있다. 웬만한 사람이라면 "네"라고 대답할 질문. 바로 "책 읽는 것 좋아하세요?"와 "여행 좋아하세요?"다. 이 두 질문에 대체로는 "네"라고 답할 것이며 그리고 이렇게 덧붙일 것이다.

"그런데 요즘 시간이 없어서 많이는 못해요."

나 역시 여행을 좋아한다. 오죽하면 여행책도 냈겠는가! (2012년 특정 여행지가 아닌, 카우치서핑이라는 여행 방식을 소개한 불후의 명작 『카우치서핑으로 여행하기』라는 여행책을 썼다.) 사람들의 취향만큼이나 여행의 방식도 다양하기 마련인데 이번에는 나의 여행 방식을 소개해볼까 한다.

최영미 시인의 에세이 『길을 잃어야 진짜 여행이다』라는 책이 있다. 우연히 서점에서 이 책을 보고는 제목을 한참이나 되뇌어 보았다. 어쩜 이렇게 나의 생각과 같을까. 여행에 대한 길고 장황한 생각들을 한 문장으로 정리해버리다니. 역시 시인의 능력은 대단하다.

이 책의 제목처럼 길을 잃어야 진짜 여행이라고 나도 생각한다. 아니, 길을 잃는 순간부터 여행이 시작된다. 그렇다면 길을 잃는 가장 좋은 방법은 뭘까? 그건 애초에 길을 찾아두지 않는 것이다. '어디로 가야지', '어떤 길을 따라야지' 하는 계획을 아예 세우지 않으면 (장담한다) 무조건 길 잃는다. 나는 여행을 시작할 때 아무런 목표도, 계획도 세우지 않는다. 미리 검색을 하지도 않고 (특히, 네이버 블로그나 여행자 카페는 절대 이용하지 않는다) 가이드북도 챙겨 보지 않는다. 왜? 길을 잃어야 진짜 여행이 시작되므로. 게다가 누구보다 길을 잘 아는 사람은 여행객이 아니라 바로 현지인들일 것이기 때문이다.

우리가 주로 하는 여행의 방식은 여행이 아니라 미션을 수행하는 숙제 같다. 여기에 가면 이것을 먹어야 하고, 그것을 사야 하고, 저기에 가서 사진을 찍어야 하는 미션이 있고, 그것들을 하나씩 클리어해나가야 하는 숙제 같은 여행. 나는 그런 것이 여행인지 잘 모르겠지만 나의 체질에도 맞지 않아 그런 방식으로 여행하지 않는다.

가끔 명동에 가보면 중국인만이 길게 줄을 선 삼계탕집을 볼 수 있다. '여기가 유명한 곳인가?' 하고 보면 정작 한국 사람은 거의 없다. 또 어느 집에 가면 일본인이 죽 늘어선 식당을 보게 되는데, 역시나 한국인은 몇 없는 곳이다. 그도 그럴 것이 그들이 얻고 온 정보라는 게 대체로 자기 나라 사람들에게서 얻은 것일 가능성이 높고 그래서 중국 사람은 중국 사람들끼리, 일본 사람은 일본 사람들끼리 찾는 가게가 다른 것이다.

우리라고 다를까? 한 모험심 넘치는, 게다가 블로그에 기록도 잘하는 한국인 여행객이 아직 알려지지 않은 여행지에 갔다고 해보자. 그곳에서 그는 터덜터덜 걷다가 한 식당을 발견한다. 그러고는 그 식당에 대해 블로그에 기록한다. 그 기록은 다음 한국인 여행객에게 정보가 되고 또다시 한국 여행객이 그 식당을 찾는다. 그렇게 반복이 되면 어느새 식당 주인은 한국 메뉴판을 두고 '어서 오세요', '감사합니다'와 같은 한국말도 배워둔다. 시간이 흘러 그 식당은 어느새 그 여행지의 명물이 되고 언제 가도 한국 관광객들로 가득하다. 그러나 정작 현지인들은 그곳이 어떤 식당인지 잘 모른다.

물론 낯선 외국에 가기 전에 보다 익숙한 언어로 된 정보를 찾아보는 것은 도움되는 일이다. 위험을 줄일 수도 있고. 그러나 남이 남긴 정보에만 의존하다보면 결국 남이 한 여행을 답습하는 것밖에 되지 않는다. 그런 여행이 좋다면 더이상 할말은 없지만 나는 그러한 여행 방식을 좋아하지 않는다. 나는 길을 잃는 것이 좋다.

2007년부터 2008년 사이에 벨기에에서 교환학생으로 지냈었다. 그 당시에 유럽 곳곳으로 여행을 많이 다녔다. 여행은 이런 식이었다. 우선 암스테르담에 간다고 치면, 암스테르담역에 내려 관광안내소에서 지도를 하나 받는다. 그리고 그곳 안내원에게 저렴한 호스텔들이 몰려 있는 지역이 어디인지 묻고, 그 안내원에게 "당신이 주말에 친구들과 술 먹으러 자주 가는 곳은 어디냐"고 묻는다. 그러고 나서 알려준 호스텔을 찾아가 짐을 먼저 풀고 카운터에 가서 (저렴한 호스텔의 카운터 직원은 대체로 나 같은 여행객들이 알바로 하는 경우가 많다) 여기 근처에 맛집이 있는지, 걸어서 산책하기 좋은 길이 있는지 등을 묻는다. 기분에 따라 알려준 곳으로 가도 되고, 아니면 반대 방향으로 걸어도 된다. 어차피 길은 잃으라고 있는 것이니까.

나는 여행을 할 때도 평소와 똑같은 차림으로 다니는 편이다. 가방도 잘 메지 않고 여권 같은 것도 숙소에 두고 다닌다. 평소처럼 지폐 몇 장, 카드 지갑, 전화기 등만 주머니에 넣고 터덜터덜 걷는다. 가끔 얇은 책 한 권씩 손에 들기도 한다. 그러다가 볕이 좋으면 벤치에 앉기도 하고, 테라스가 좋은 카페가 있으면 들러서 커피를 마시기도 한다. 그러다가 해가 지면 안내소의 직원이 알려준 선술집에 가서 맥주를 한잔하고 돌아온다. 거창할 것 없는 일상 같은 여행이지만 이것이 내가 여행을 하는 방법이다.

'삶은 여행'이란 말을 종종 한다. 그렇다면 삶이라는 여행을 우리는 어떻게 만끽할 것인가. 우리가 여행을 어떻게 하는가를 보면 미루어 짐작할 수 있지 않을까? 여행을 가기 전에 다른 사람이 남긴 정보를 찾고 계획을 세워서 가봐야 하는 곳들을 가보고 유명한 맛집에 가서 가장 대표적인 요리를 맛보는 방식의 여행도 있다. 또는 나의 방법처럼 그때그때 이어지는 우연과 인연에 따라 흐르듯 여행할 수도 있으리라. 파리에 여러 번 가보았지만 에펠탑을 본 것은 한 번뿐이다. 나는 서울에서 거의 평생 지냈지만 한강 유람선은 아직 한 번도 타보지 않았다. 파리에서 내가 가장 기억에 남았던 것은 에펠탑이 아니라 카우치서핑으로 만난 프랑스 친구와 생마르탱 강변에 걸터앉아 와인 한 병과 치즈를 나누어 먹은 어느 오후다. 그곳은 그 친구가 주말이면 어김없이 들러 오후 시간을 보내는 곳이었는데 그 이국적이면서도 편안한 분위기가 아직도 기억에 남는다.

나는 일상을 보내다가도 여행 같은 기분을 자주 느낀다. 매일 걷던 길이 아니라 다른 길을 찾아 일부러 한번 돌아가보기도 하고, 우연히 마주치게 된 작은 사건들에도 흥미를 느끼고 바라본다. 이를테면 지나가다가 우연히 싸우는 커플을 마주하게 된다거나, 길고양이 가족을 만난다거나, 모처럼 찾아간 커피숍이 휴무이거나. 이런 일련의 사건들이 내 일상에 틈을 내고 그것이 곧 여행과 같은 새로움을 부여한다. 여행 같은 일상, 일상 같은 여행.

정해진 길을 기꺼이 잃을 준비가 되어 있을 때 삶은 어디서든 '여행'이 된다.

행복하세요?

나는 이런 질문을 들으면 순간 아득해진다. 어디부터 답을 해야 할지 몰라서. 일단 '행복'이라는 게 뭐지? 뭐가 행복한 거지? 명확히 아는 사람, 손? 행복이라는 말을 들으면 뭔가 모자 쓰고 머리 긁는 것처럼 어색한 느낌을 받게 되는데 그 이유는 바로 행복이란 게 실체가 없기 때문이다. 우리가 '행복'이라고 하면 떠올리는 이미지들은 그저 우리가 만들어놓은 것일 뿐 실제 각자가 느끼는 감정과는 별 관계가 없다. 그래서 나에게 행복하냐고 물으면 딱히 답할 필요를 못 느낀다. 물어보는 사람도 별생각 없이 물어보는 것일 테니까.

행복이라는 말 대신 나는 충만함이라고 바꿔 표현한다. 인간으로서 내가 느끼는 가장 좋은 상태, 그것이 바로 충만함이다. 행복이라고 하면 무언가 (즐거움 혹은 웃음, 기쁨 등) 과잉된 상태가 떠오른다. 선물을 받고 함박웃음을 짓는 표정이라거나, 프러포즈를 받은 여성이 남성에게 안겨 빙그르르 도는 모습이라거나, 호날두나 스티브 잡스 등 사회적으로 성공한 사람의 자신감 넘치는 표정과 제스처 등. 그런데 그게 행복인가?

나는 지금 바로 이 순간에 내가 걱정할 것과 부족함이 없으면 그 자체로 충만함을 느낀다. 당장 기분 나쁜 것도 없고, 억지로 해야 할 일도 없고, 마음에 부담되는 일도 없는 상태. 그것이 충만함이다. 딱히 기쁠 것도 없고 주체 못할 행운에 함박웃음을 짓지 않아도 그저 가만히 앉아서 아무런 부족함 없이 온전히 자유를 느낄 수 있는 상태. 그런 충만함. '다른 부위야 어떻든 간에 엄청나게 크고 멋진 팔근육을 가진 것'이 행복이라면, '식스팩 따위는 없어도 딱히 어디 아픈 곳 하나도 없는 몸 상태'를 충만함이라 비유할 수 있을 것이다.

그런데 우리는 자꾸 행복하냐고 묻는다. 아무런 걱정 없이 고양이가 창밖을 바라보듯, 강아지가 햇살을 받으며 꾸벅꾸벅 졸듯 충만한 상태를 즐기던 사람도 덜컥 '행복하냐'는 질문을 들으면 이런 생각이 들 것이다. '뭐지? 나 별로 문제없는데. 막 즐겁고, 뭔가 기뻐서 웃고 해야 하나?' 하고 말이다. 그러고는 뭔가 하나 골라잡게 된다. "얼마 전에 생일이라 애인한테 명품 선물을 받았어요. 행복해요" 혹은 "우리 막내가 서울대 졸업하고 이번에 의사가 됐잖아" 등등의 것을 골라잡아 행복과 등치시킨다. 누군가에게 애정을 듬뿍 받고, 또 가족 중에 누군가가 사회적으로 인정받(을지도 모르)는 성취를 이뤄낸 것은 분명 기쁜 일이지만,

그게 행복인가? 정말 행복 맞나?

　나는 우리가 이 '행복 강박증'에서 빨리 벗어나야 한다고 믿는다. 행복, 성공, 열정 등등 우리 사회에서 좋다고 만들어낸 허울만 좋은 개념들을 얼른 던져버려야 한다. 그래야 행복, 성공과 같은 있지도 않은 허상에 나의 현재를 갖다 바치지 않게 된다. 언제 올지 모르는 바로 그 행복한 찰나의 순간을 위해 우리는 '꿈'이라는 것을 꾸고 인생 모든 것을 헌신할 준비를 한다. 마치 그 목표만 달성하면 영원한 행복을 얻을 것처럼. 물론, 절대 그럴 리 없다.

　가끔 새로 사회생활을 시작하는 친구들 중에 '미친듯이 일해서 남들이 부러워할 만큼 성공하겠다'라고 말하는 친구들이 있다. 남들에게 부러움을 받아서 뭐하겠다고? 그냥 일하는 자체가 좋으면 모를까. 나는 그래서 언제부턴가 이렇게 겉만 번지르르한 말들이 무의미한 말뿐이라고 여기기 시작했다. 사뮈엘 베케트의 유명한 희곡 「고도를 기다리며」에서 오지 않는 고도를 기다리는 에스트라공과 블라디미르는 이런 대화를 나눈다.

"우린 꽁꽁 묶여 있는 게 아닐까?"

"묶여 있다고?"

"그래, 묶여 있단 말이야."

"묶여 있다니 어떻게?"

"손발이 다."

"도대체 묶긴 누가 묶고, 누구에게 묶여 있다는 거야?"

"네가 말하는 그 작자에게."

"고도에게?"

"그래!"

나는 충만한 하루하루를 보내기 위해 집중하고 또 스스로 그렇게 살고 있다고 여긴다. 있지도 않은 행복한 순간이나 장면을 꿈꾸지 않고 그저 지금 내 마음에 거스르는 일들이 없나 찬찬히 들여다보고 그것들을 제거해나간다.

그럼 이쯤에서 충만함을 유지하기 위한 나만의 비법을 공개하고자 한다. (받아 적을 준비하시라.) 나는 남들이 보통 가지고 있는 세 가지가 없다. (4가지 아님.) 우선 알람이 없다. 아침에 나를 깨우는 것은 휴대폰이나 자명시계의 알람이 아니라 그저 내가 일어나고 싶은 마음이다. 예전에 학교 다니거나 회사 다닐 때는 나또한 알람을 맞춰놓고 잠들었다. 그것도 이중 삼중으로 5분 간격으로 말이다. 그런데 알람 없이 산 지 여러 해가 지나고 나니 그 알람만 사라져도 삶의 충만함이 매우 높아진다는 것을 알았다.

그리고 나에게는 억지로 봐야 하는 사람이 없다. 싫은 사람은 안 보면 되고, 보고 싶은 사람은 찾아가서 만나면 된다. 책방을 운영하다가 때때로 싫은 사람과 마주치기도 하지만 내가 그 사람에게 굳이 잘 보여야 할 이유가 없기에 싱긋 웃으며 '잘 가' 해주면 된다.

마지막으로는 억지로 해야 하는 일이 없다. 싫은 사람과 마찬가지로 하기 싫은 일들을 굳이 해야 하는 상황이 있다면 나는 얼른 빠져나온다. 그게 나의 현재 상태에 부담을 주고 긴장을 준다면 나는 그 일을 거절한다. 책방을 운영하는 일, 지금 이렇게 글을 쓰는 일, 때때로 사람들과 이야기를 나누고 강연을 하는 일 등은 내가 하고 싶어서 하는 일들이지 싫은데 억지로 하는 것들이 아니다. 이 세 가지만 하지 않아도 일상의 충만함은 매우 높아진다. 당연히 돈은 포기해야 한다. 그게 뭐? 어차피 부자 되기 어렵기는 매한가지 아닌가?

껍데기 인맥은 이제 그만

앞서 말한 삶이 충만해지기 위한 세 가지 **1.** 알람 없애기 **2.** 싫은 사람 보지 않기 **3.** 하기 싫은 일 안 하기 중에 내가 꼽는 단연 최고는 '싫은 사람 보지 않기'다. 싫은 사람만 일상에서 빼내도 삶의 충만함은 매우매우 높아진다. (이것만은 나를 믿어보시라!) 인생은 매 순간순간으로 이어져 있기에 길거나 짧다고 할 수 없다. 그냥 지금처럼 흘러가는 순간들로 가득찬 것이 인생이고 나의 마지막 순간도 지금과 다를 바 없이 순간으로 흘러갈 것이다. 요즘 100세 인생이라고들 하면서 '인생은 길다!'라고 하는데, 뭐 그렇다고 치자. 그럼 100살이 되어 눈을 감게 된다면 죽는 순간도 지금처럼 그때의 나에게는 현재의 순간일 것이다. 어찌 보면 먼 미래라는 것은 그저 우리 머릿속에만 있는 것일지 모른다.

내가 가진 감각 중에 부정할 수 없는 단 하나는 바로 현재라는 순간에 내가 살아 있다는 것이다. 이것밖에 없다. 이 소중한 순간을 보기 싫은 사람에게 쓰고 싶지 않다. 그럼 또 이렇게 물어볼 것이다. "사회생활을 해야 하는데 어떻게 싫은 사람은 안 보고 살 수 있나요?" 맞다. 나는 직장생활을 하지 않기에 매일같이 봐야 하는 싫은 사람이 없다. 그래서 그 부분은 상황이 다르기에 따로 이야기할 수는 없지만 그 외의 부분에서는 나의 노하우를 전수할 수 있을 것이다.

일단 나는 '인맥 관리' 따위 하지 않는다. 아니, 그보다 인맥이 관리될 수 있다는 생각 자체를 하지 않는다. 인맥 관리란 어찌 보면 우스운 개념이다. 인맥을 무엇으로 관리할 수 있나? 사람 관계라는 게 결국은 서로 좋아해서 가까워지는 것인데 이것을 어떻게 관리한단 말인가? 나는 관계를 살뜰히 챙기는 편이 아니어서 생일이나 명절 등등에 맞춰 연락을 잘하지 못한다. 그래봤자 페이스북에 뜨는 생일 소식에 다들 한 줄짜리 값싼 축하인사 남기는 것이 보편적인 인사법 아닌가? 나는 그런 형식적인 연락을 하기보다는 만나고 싶은 사람이 떠오르면 바로 연락한다.

"오늘 뭐해? 점심 콜?"

서로 만나고자 하는 마음이 있는 사람들은 대체로 만나게 된다.

형식적 인맥 관리의 최고봉은 아마도 결혼식일 텐데 나는 결혼식도 과감히 제친다. 축하해주고 싶은 결혼식은 물론 가긴 하는데 1년에 서너 번이 될까 싶다. 그마저도 결혼식 피로연장에 우두커니 앉아서 몇 년 만에 보는 사람들과 "어, 잘 지내? 요즘 어디 다녀?"와 같은 끔찍하게 상투적인 대화를 나누는 게 싫어서 일찌감치 가서 신랑이나 신부와 인사만 하고 나온다. 그렇게 만나서 궁금하지도 않은 서로의 안부를 묻는 게 과연 얼마나 효율적인 인맥 관리인가 싶은데 적어도 나에게는 관계에 전혀 영향을 주지 않는다.

동창회나 연말 모임 등도 나가지 않는다. 인맥 관리라는 것이 어찌 보면 누군가에게 잘 보여서 그 관계로 이득을 보겠다는 것 아닌가? 까놓고 이야기하면. 그렇다면 난 애초에 그런 기대를 갖지 않으련다. '나라는 사람을 좋아하는 사람이라면 아무 계산 없이 먼저 연락이 오겠지' 또는 '내가 만나자고 했을 때 언제든 반갑게 맞아주겠지' 하는 생각으로 인간관계를 맺는다. 그래서 한동안 연락이 없었던 사람이라도 '맞다, 잘 지내나? 얼굴 보고 싶네' 생각이 들면 바로 전화기를 든다. 얼마나 간편한 시대인가? 누구든 여섯 다리만 건너면 오바마에게도 닿을 수 있다고 했던가.

인맥 관리를 하지는 않지만 그렇다고 만나고 싶은 사람에게 형식 때문에 연락을 주저하지도 않는다. 우리는 모처럼 생각난 사람에게 연락하기 전에 '너무 오랜만이라 어색하지 않을까?' 혹은 '얘가 날 데면데면하게 여기면 어쩌지?' 등의 생각으로 지레 마음을 접기도 한다. 다행인지 (혹은 그들에게 불행인지) 나는 그런 고민을 별로 하지 않는다. 시간이 얼마나 흘렀는지는 딱히 고민하지 않고 지금 생각난 사람에게 연락을 한다. 또는 우연히 길을 가다가 '맞다, 여기 누구네 회사 근처였지?' 하고 생각이 나면 그 친구에게 연락을 해본다. "뭐하냐. 나 너네 회사 근처인데 잠깐 차나 한잔하자"라고. 때마침 상대가 바빠서 못 볼 수도 있다. 그럼 어떤가. 다음에 또 생각날 때 보면 되지.

나는 외할머니를 무척 좋아한다. 비록 할머니와 손자의 관계로 만나긴 했지만 그보다는 오랜 시간 지켜본 한 개인으로서 외할머니의 인격과 품성을 존경하고 좋아한다. 그런데 외할머니 연세가 벌써 아흔을 훌쩍 넘기셨다. 오래오래 건강하게 사시기를 바라는 마음과는 별개로 건강한 할머니의 모습을 몇 년이나 더 볼 수 있을까 하는 생각에 덜컥 마음이 일렁일 때도 있다.

그렇다고 지레 우울하거나 슬퍼하지는 않는다. 난 외할머니를 뵈러 갈 때면 그 어떤 약속보다 우선해서 시간을 낸다. 나에게 그보다 더 중요한 건 없으니까. 1년에 외할머니를 뵙는 횟수가 네다섯 번 정도 될까? 그렇게 찾아뵙고 식사를 할 때마다 많이 남지 않은 식사 자리가 줄어드는 것 같다. 그래서 그 시간이 더욱 소중하고 매번 뵐 때마다 애정을 듬뿍 담아 안아드린다. 함께하는 동안은 할 수 있는 만큼 마음의 표현을 다하고 싶기 때문에.

사람은 생물학적으로 죽기도 하지만 관계적으로 죽기도 한다.

한때는 그 누구보다도 가까웠던 연인 사이도 헤어진 직후부터는 이 세상 누구보다 먼 존재가 되기도 한다. 그 둘은 생물학적으로는 살아 있지만 관계적으로는 죽은 것이다. 세상에 수십억 명의 사람들이 살아가지만 나와 살아 있는 관계를 맺고 있는 사람은 그다지 많지 않다. 지금 이 순간에도 수많은 사람들이 태어나고 죽겠지만 나는 기뻐하거나 슬퍼하지 않는다. 나와 살아 있는 관계를 맺은 사람들이 아니기 때문에. 나는 살아 있는 관계를 건강하게 유지하는 데에 집중한다. 불필요한 인맥을 관리하기 위해, 다시 말해 반송장 같은 관계를 어정쩡하게 유지하는 데에 기력을 쏟지 않는다. 쓸데없이 내 시간과 정신을 빼앗아가는 잡초 같은 껍데기 인맥을 과감히 제거하고 대신 나와 함께 숨쉬고 교감하는 펄떡펄떡 가슴 뛰며 살아 있는 인간관계에 시간을 쏟는다.

그리 어렵지 않다. 한번 해보시라. 살아 있는 관계에 집중하다 보면 그동안 껍데기 인맥에만 관심을 쏟느라 소홀했던 주변의 소중한 사람들이 어느새 물을 담뿍 준 화초마냥 어느 새 싱그럽게 되살아나기 시작할 것이다.

정확한 말하기

앞서 결혼식 이야기가 나왔으니 이어서 이야기하고 싶은 것이 있다. 나는 우리나라의 결혼식이라는 행사 자체가 매우 연극적이고 보여주기식이라고 생각하며 그래서인지 영 재미도 없고 좋아하지도 않는다. 그중에서도 특히 의아한 것이 있는데 바로 신랑 신부 선서 부분이다. 신랑과 신부가 입장을 하고 (그마저도 신랑은 씩씩하게 큰 걸음으로 먼저 들어오고, 신부는 언제나 소극적인 자세로 아버지 혹은 다른 가족의 손을 잡고 등장한다.) 이어 선서를 하게 되는데 대체로 이렇게 진행된다.

"신랑 ×××군은 신부 ×××양을 아내로 맞아 평생 아끼고 사랑할 것을 다짐합니까?"
"네!"

보통 신랑은 목청껏 대답을 하고 신부는 들릴 듯 말 듯 대답하고 넘어간다. 이 대목에서 나는 매번 의아함을 느낀다. 평생 누군가를 사랑할 것을 약속하고 다짐할 수가 있나? 그렇다면 그것이 사랑이 맞나? 말을 이렇게 바꿔보자. "다음주 수요일 오후 2시부터 너를 사랑하겠어", "내년 3월 1일까지만 널 사랑하겠어" 이렇게 말할 수 있을까? 사랑은 약속이나 다짐으로만 이루어질 수 있는 것이 아니다. 적어도 내가 생각하기에는. 사람이 누군가를 좋아하게 되는 것은 기계적인 공식이 있는 것이 아니라 해석할 수 없는 감정의 끌림에 의한 것 아닌가? 물론 결혼을 약속한다는 것은 평생을 아끼고 사랑하고 싶을 만큼 지금 서로 사랑한다는 것일 테고, 그렇다면 이렇게 물어야 더 정확하다.

"신랑 ×××군은 신부 ×××양을 아내로 맞아 평생 아끼고 사랑할 만큼 지금 이 순간 사랑합니까?"

지금 이 순간 열렬히 사랑한다고 해도 1년 후에 그 감정이 어찌될지 모른다. 지금의 좋은 감정을 잘 가꾸어서 오랜 시간 이어지면 좋겠지만 앞으로 감정이 어떻게 될지 과연 누가 알겠는가. 결혼식 때마다 어김없이 나오는 저 단골멘트를 듣고 나는 '우리가 과연 정확히 묻고 답하는 것일까' 생각하곤 한다. 나는 나의 애인에게 "검은 머리 파뿌리 될 때까지 너만을 사랑할게"라고 말하기보다 "우리 언제 헤어지더라도 아쉽지 않도록 지금 이 순간 후회 없이 사랑하자"라고 말한다. 그게 지금 내 감정을 보다 정확하게 표현하는 말이기에.

　우리는 하루에도 많은 말들을 쏟아내고 또 듣는다. 그런데 과연 얼마만큼 정확하게 의사를 표현하고 있을까? 나는 소극적 태도와 눈치보기 등으로 말이 빙빙 에둘러가는 것을 자주 본다. 앞서 말한 결혼식의 예시뿐만 아니라 이를테면 식당에서도 마찬가지다. "여기요. 조금 더운데 에어컨 좀 틀어주실 수 있나요?"라고 말하면 될 것을 "아휴, 더워. 이 식당은 에어컨도 안 트나봐"라는 식으로 말하는 경우를 종종 본다. 내가 귀가 좀 예민해서 그런가 식당이나 카페에서 다른 사람의 대화를 곧잘 듣곤 하는데 이런 경우가 제법 많다. 누구에게 하는 말인지 모르겠으나 아무튼 누군가는 들으라고 하는 말.

　또는 명절날 친척들을 만나면 용돈을 주고받을 때가 있다. 그럴 때 서로 하는 말들. "이거 내가 주는 용돈이니까 필요한 데 잘 써" "저 주시는 거예요? 고맙습니다. 잘 쓸게요" 하면 될 것을 "아니에요. 뭘 이런 걸 다"라고 말한다. 그러면서 손에 든 돈 봉투는 어정쩡하게 상대방도, 나도 아닌 중간 어느 지점에서 부유한다. 그럼 상대방이 다시 손을 뻗어 돈 봉투를 굳이 다른 쪽으로 밀어넣어줘야 비로소 용돈 전달식이 끝난다. 물론 나는 누군가 용돈을 주면 냉큼 받아넣고는 "고맙습니다"라고 말한다.

　책방을 운영하면서 손님들과도 이야기 나눌 기회가 많다. 그런데 의외로 우리가 정확히 서로 의도를 파악하고 대화를 잘하고 있는 건가 싶은 경우들이 있다. 한번은 손님이 책을 몇 권 사고서 결제를 하는 동안 내가 이렇게 물은 적이 있다.

"담아드릴까요?"

그러자 내가 예상한 답과는 다른 답이 나왔다. 나의 예상 답변은 1. "네, 담아주세요" 2. "아니요. 괜찮습니다" 두 가지였는데 제3의 답이 나왔다.

"봉투 있나요?"

봉투가 없으면 어떻게 책을 담아주지? 나는 살짝 고민을 해보다가 다시 물었다.

"담아드릴까요?"

그제야 손님은 "네, 담아주세요. 감사합니다" 하고 답했다. 그 이후에 왜 봉투가 있느냐고 되물었을까를 생각해보았는데 아무래도 바로 담아달라는 말을 하는 것이 예의에 어긋난다고 느낀 것은 아닐까 싶었다. 무례하게 보이고 싶지 않은 마음은 이해하지만 어차피 내가 담아주겠다고 먼저 말을 했으니 "네"라고 답해도 절대 무례하지 않은 것일 텐데 말이다. 덕분에 나는 두 번 같은 질문을 해야 했다.

「갈매기」, 「벚꽃동산」 등의 희곡으로 유명한 러시아 작가 "안톤 체호프"의 작품 중에 「어느 관리의 죽음」이라는 단편소설이 있다. 개인적으로 체호프의 단편소설을 아주 좋아한다. 그가 다양한 인간군상의 내면을 꿰뚫어보고 그것을 탁월하게 표현해내기 때문이다.

「어느 관리의 죽음」의 내용은 이렇다. 하급 공무원인 주인공이 어느 날 공연장에서 평소 마주치기 어려운 고위 공무원을 만나게 된다. 그는 인사차 다가갔다가 고위 공무원 앞에서 그만 크게 재채기를 하고 만다. 그는 즉시 사과했고 상대방인 고위 공무원 또한 웃어넘기며 괘념치 않았다. 그런데 그는 고위 공무원이 자신에게 불쾌함을 느꼈을 것이라고 지레 짐작하고 자꾸만 찾아가서 사과를 한다. 누가 기침을 했는지조차 기억 못하던 고위 공무원은 괜찮다고 반복해서 이야기하지만 자꾸 찾아와서 사과를 하니 점점 짜증을 낸다. 이제 그만하면 됐으니 돌아가라고. 그런데 이 소심한 주인공은 자신의 기침 때문에 저 사람이 분명 화를 내는 것이라고 굳게 믿는다. 기어이 고위 공무원은 자꾸만 사과하러 오는 그에게 크게 화를 내고, 그는 집에 돌아와 외투도 벗지 않은 채 소파에 눕는다. 그리고 다음날 그는 죽는다. 소설은 이렇게 끝이 난다.

체호프가 19세기 중반에 태어나 20세기 초에 사망했으니 이 이야기는 지금으로부터 100여 년 전의 이야기다. 그런데 지금 우리 사회 어딘가에서도 일어날 법한 이야기 아닌가? '저 사람은 말과 다르게 속으로는 나를 싫어할 거야', '분명 내 사과를 받은 척했지만 속으로는 화를 내고 있을 거야' 등등. 우리 사회는 얼마나 많은 '어느 관리의 죽음'을 만들어내고 있을까?

우리는 서로 대화를 하며 교감한다고 느낀다. 그러나 그 사이에 솔직함을 가로막는 여러 제약들이 있다. 체면치레, 타인의 시선, 솔직하면 무례하다는 인식 등등. 나는 조금 무례하고 타인의 눈총을 받더라도 상대방과 더 교감하는 대화를 하고 싶다. 있는 그대로 표현하며 전달하고 싶고, 상대방 역시 그렇게 해주기를 바란다. 군이 예의 차리며 길게 말할 필요 없을 것이다. 간결한 언어로도 서로 마음을 나눌 수 있으면 된다. 정확한 말하기. 어렵지만 조금씩 시도해보자. 겉포장만 그럴싸하고 실속은 없는 선물용 과자보다는 달랑 종이봉투에 담겨 있더라도 갓 구운 바게트가 나는 더 좋다.

책방 일일지기를 모집합니다

우리 책방의 운영시간은, (이쯤 되면 예상하시겠지만) 주인장 마음대로다. 내가 열고 싶을 때 열고, 닫고 싶을 때 닫는다. 어떤 날은 날이 좋아서 쉬기도 하고, 어떤 날은 추워서 쉬기도 한다. 어차피 하루종일 있어도 손님 한 명 안 오는데 막 열고 닫으면 어때! 하는 마음으로 운영시간을 딱히 정하지 않았다. 그래서 책방을 연 첫해에는 훌쩍 여행을 가면서 며칠 동안 문을 닫기도 하고, 어떤 때는 아침 일찍 나가서 열기도 했었다.

그러던 어느 날, 대만에 사는 친구가 자신의 결혼식에 나를 초대했다. 예전에 여행을 하면서 만난 친구였는데 한국에도 자주 놀러오고 해서 인연이 이어지고 있었다. 어차피 책방 운영시간이 중구난방이니 며칠 닫고 대만에 다녀와야겠다 생각을 하던 찰나, 불현듯 머리를 스치는 것이 있었다.

'다른 사람한테 책방을 맡기고 가볼까?'

간혹 책방 손님들과 이야기를 나누다보면 자신도 책방을 한 번 해보고 싶다, 책방 주인장의 일상이 어떨지 궁금하다는 말을 심심찮게 듣는다. 그게 떠올라서 그럼 며칠만 맡기고 가보자는 생각이 들었다. 뚝딱 포스터 한 장을 만들어 페이스북과 인스타그램에 공지를 올렸다.

 〈일일 책방지기 모집〉

주인장이 개인 사정으로 며칠간 대만에 가게 되었어요.

책방을 닫고 갈까 하다가 혹시 책방지기를 해보고 싶은 분이

계실 것 같아서 일일 책방지기를 모집합니다.

기간 : 11/6(금) ~ 11/9(월) (기간 중 하루)

시간 : 오후 3시 ~ 8시 (또는 자기 마음대로)

장소 : 퇴근길 책 한잔

〈특전〉

1. 마음껏 독서 가능

2. 침대보다 안락한 주인장 소파 (잠 잘 옴)

3. 무료 와이파이

4. 숨쉬기보다 약간 높은 수준의 노동 강도 (손님 거의 안 옴)

5. 책방 주인이라는 지적인 이미지 및 후광효과

혼자 하셔도 되고 친구와 같이 해도 됩니다.

날짜별로 책방지기가 모두 채워지면 책방에서

책방지기 예비 워크숍(=술판)을 진행하겠습니다.

참여하실 분은 아래 연락처로 연락 주세요.

booknpub@gmail.com / 010-xxxx-xxxx

'아무도 신청하지 않으면 그냥 닫고 가지 뭐' 하는 마음으로 가볍게 공지를 올리고 읽던 책을 마저 집으려던 순간! 깜짝 놀랐다. 내 휴대폰이 해킹당한 줄 알았다. 누군가가 내 휴대폰을 테러하기 위해 디도스 공격이라도 하는 것인가 싶을 정도로 문자가 쏟아졌다. 딸랑 나흘 동안의 일정이라 많아야 네 명이 필요했는데 50명도 넘는 사람들이 신청했다. 일당도 없고, 뭐 특별한 재미도 없는 일을 하고 싶다고 수십 명이 손을 든 것이다. 황당하기도 했지만 난감하기도 했다.

그중에 먼저 연락이 오거나, 꼭 하고 싶은 의지를 밝힌 사람들을 추려서 (이게 뭐라고!) 일일지기를 부탁한다고 답장을 보냈다. 그들은 마치 취업 합격이라도 한 듯이 기뻐하면서 나에게 감사하다는 인사를 보내왔다. 그리고 나머지 40여 명에게는 '귀하의 능력은 출중하나 우리 책방의 인재상과는 맞지 않는다'는 낙방의 변을 보내야만 했다. 물론 농담이다. 어쨌든 정중하게 신청 인원이 많아 일일지기를 부탁드리지 못하게 되었다고 안내 문자를 보냈다. 이렇게 선정된 소수정예의 인재들을 위해 책방 운영 매

뉴얼을 알려주고 나는 대만에 다녀왔다.

그 이후에도 여행을 갈 때면 책방을 일일지기에게 맡겨놓고 간다. 매번 필요 인원보다 많은 사람들이 신청했고, 그들은 책방을 보는 하루 동안 각자 이벤트를 열기도 했다. 여행을 다녀왔을 뿐인데 책방이 청소가 되어 있다거나 화분이 놓여 있기도 했다. 내가 서점에 있을 때보다 책도 더 많이 팔리는 것 같았고 뮤지션들을 불러 공연을 여는 일일지기도 있었으며 꽃꽂이 강좌를 열거나 그림을 그리는 분도 있었다. 이건 뭐, 내가 있을 때보다 책방이 더 잘 굴러가는 느낌이었다. 그들은 하루가 아쉬웠다면서 나에게 여행을 자주 좀 가라는 농담을 던지기도 했다.

'언제 한번 진짜 길게 여행 가야지' 하던 차에 기회가 왔다. 나의 하나뿐인 형은 멀리 멕시코에 살고 있다. 그래서 2~3년에 한 번씩 부모님과 한 달씩 멕시코에 가곤 하는데, 마침 기회(?)가 온 것이다. 자, 과연 한 달 동안 일일지기가 가능할 것인가. 결과는? 물론 가능했다. 아니, 오히려, 역시나 필요 인원보다 더 많은 사람들이 신청을 했다. 책방에 책 사러는 안 오면서 다들 책방 주인은 왜 그렇게 하고 싶어하는지 참 모를 일이었다. 한 달간의 여행을 마치고 돌아왔을 때 책방에는 아무런 문제도 없었고 분실이나 도난 등도 일어나지 않았다. 역시 나의 예상대로였다.

나는 책방에 오는 사람들을 보통의 가게 주인들이 손님 대하듯 대하지 않는다. 책을 많이 산다고 해서 더 상냥하게 인사하지도 않으며, 딱히 책을 더 팔기 위해 속에 있지도 않은 말을 하지도 않는다. 그저 내가 고른 취향에 공감하면 책을 살 것이고, 그 사람은 그 책값보다 더 큰 가치를 얻어간다고 믿기에 굳이 '고객님—' 하면서 콧소리 같은 것을 내지 않는다. 그래서인지 내가 만든 책방이지만 자신의 공간처럼 애정을 갖고 오는 사람들이 있다. (절대 많다고는 할 수 없지만, 있긴 있다.) 그런 이들이 책방을 대신 봐주는 것이고 그렇기에 일급을 주지 않아도 그들은 이곳을 자신의 공간처럼 아끼고 즐긴다.

주변에서는 일일지기를 이렇게 많이 신청하는 것을 보고 어떻게 일당도 안 주는데 사람들이 몰릴까 되묻는다. 또 모르는 사람이 와서 책을 가져가거나 돈을 가져가면 어떻게 하느냐고 걱정하기도 한다. 그런 의심 때문에 오히려 일일지기를 못하는 것이다. 상대방을 돈으로 보면 그 상대도 나를 돈으로 본다. 그 상대방을 사람으로 보고 대우하면, 상대 또한 나를 사람으로 대우하지 않을까?

10여 년 전 인도에 배낭여행을 간 적이 있었다. 낯선 곳이기도 했고 워낙 도난이나 분실에 대한 이야기를 많이 들었던 터라 나 역시도 주머니를 항상 챙기면서 여행을 했다. 어깨에 메는 가방 지퍼에 작은 자물쇠까지도 달고 갔었다. 한참 기차를 타고 여행을 하는데 같은 칸의 인도 친구들과 어울리게 되었다. 내 또래의 친구들이었고 밤새 달려가는 기차라 이런저런 이야기를 나누며 친해졌다. 급기야 신나게 노래도 부르고 놀자판이 벌어졌다.

한창 신나게 노는데 한 친구가 내 가방에 달린 자물쇠를 가리키면서 웃었다. "하하, 이거 왜 달았어? 우리가 훔쳐갈까봐?" 그 말을 듣고서는 얼굴이 화끈 달아올랐다. 바로 자물쇠를 떼어버렸다. 여행중 만난 사람들과 가까워지는 방법은 내가 먼저 경계를 만들지 않는 것이라는 걸 그때 알게 됐다. 그 이후로 나는 여행할 때 준비도 거의 하지 않고 짐도 거의 챙기지 않으며 미리 여행지에 대해 검색도 하지 않는다. 어차피 그곳에 가면 현지인들이 얼마든지 많을 것이고, 필요한 것은 그들에게 물어보면 된다. 그런데 그들을 미리 경계하면 그들과 이야기 나눌 기회가 사라진다.

지금 생각해봐도 일일지기들과의 만남은 즐거운 기억이다. 사실 아무런 관계도 없는 나와 그들이 책방을 매개로 하여 인연이 된 것이다. 그들은 책방에서의 하루를 기억할 것이고, 그것이 그들의 삶에 조금이나마 좋은 추억이 되었으면 한다. 앞으로도 언제든 책방을 비우게 되면 공지를 올릴 것이다. 혹 하루 동안 책방 주인이 되어보고 싶은 분들은 언제든 연락주시길. "정말 하고 싶은 대로 해도 되나요?"라고 묻는 일일지기에게 나는 이렇게 답한다.

"그럼요. 불만 내지 않으면 돼요."

가족이랑 사세요?

책방을 운영하면서 배우는 것이 많다. 우리 책방에서는 단순히 책만 파는 것이 아니라, 사회의 다양한 이슈 혹은 문학 및 예술 작품 등에 대해 토론하는 모임을 자주 갖는다. 그런 모임을 진행하다보면 다양한 생각을 지닌 참여자들과 깊은 이야기를 나누게 되는데, 이 과정을 통해 나 역시도 얼마나 많은 고정관념을 가지고 타인을 대했는가를 깨닫게 된다.

일례로 혼자 살지 않는다고 하는 사람에게 "그럼 지금 부모님이랑 사세요?" 질문한 적이 있다. 인사말과 더불어 자기소개를 하면서 자연스럽게 물어본 것이었는데, 상대의 답이 "아뇨. 엄마랑만 살아요"라는 것이었다. 그때 나는 내 질문이 잘못되었다는 것을 깨달았다. 나의 고정관념 속에는 혼자 살거나 그게 아니라면 부모님이랑 사는 것만 있었던 것이다. 그 이후로 나는 "지금 가족이랑 사세요?"라고 묻거나 "그럼 누구랑 사시나요?"라고 묻게 되었다.

예를 하나 더 들면, 책방 초기 토론 모임에 온 여성분과 연애에 대한 이야기를 나누다가 "그럼 남자친구 있나요?"라고 물었는데 그분이 "아뇨. 여자친구 있어요"라고 답했다. 그때 잠시 머뭇거리면서 말을 했는데 순간 나의 편협함에 부끄러움을 느꼈다. 남자친구가 있느냐는 말 한마디로 이미 상대방이 이성애자일 거라 단정했기 때문이다. 그 이후로 나는 같은 상황에서 "애인 있나요?"라거나 "만나는 분 있어요?"라고 묻는다.

더불어 나 역시도 그후로는 "여자친구 있어요"라고 이야기하지 않고 "애인 있어요"라고 말한다. 연애를 하고 있느냐는 질문에 군이 이성애자인지 동성애자인지 혹은 그 외의 성적 취향인지 밝힐 필요는 없다고 생각하기 때문이다. 이러한 것들이 내가 책방을 하면서 깨닫게 된 큰 배움이다.

우리는 본인도 모르게 소수자나 약자를 배제하는 경우가 많다. 나에게 해당사항이 없기에 큰 비판의식 없이 타인도 마찬가지겠거니 하고 단정하기 때문이다. 물론 여전히 나에게도 숱하게 많은 고정관념이 남아 있을 것이고 지금 이 순간에도 타인을 온전히 배려하지 못하는 말을 하고 있는지도 모른다. 이것이 나 스스로 많이 안다고, 또 타인을 잘 배려한다고 말할 수 없는 이유이다.

우리 사회는 소수자들이 자신을 쉽게 드러내기 어렵고 또한 자신의 목소리를 내는 데 주저하게 만들었다. 그들은 외로이 차별과 고통을 감수하고 있을 거라는 사실을 우리는 알아야 한다. 그리고 공감해야 한다. 여전히 부족하지만 내가 계속 공부를 하고 우리가 함께 사는 사회를 이해하고자 하는 이유다. 우리는 서로 다르지만 더불어 살아야 하기에.

가족사진의 허구

학창 시절 친구네 집에 가서 가족사진을 보고 뭔가 이상하다고 느낀 적이 있다. 큼지막한 액자 속 사진에는 가장 가운데 자리에 근엄한 표정을 한 아버지가 앉아 있고 그 옆에는 다소곳하게 손을 포갠 어머니가 있다. 그리고 뒤에 (혹은 옆에) 자식들이 서 있다. 이들 모두는 하나같이 웃고 있으며 평소에 잘 입지 않는 정장을 입고 있다. 만약 가족 중 누가 장교라도 되면 제복을 입고 있을 것이다. 우리 집에는 (다행히도) 이런 가족사진은 없다.

나는 매번 이런 형식적인 가족사진을 볼 때마다 짓궂은 생각이 들곤 했다. '저 앞에 앉은 아저씨랑 아주머니 사이가 안 좋은 건 아닐까?', '저 아저씨는 실은 밖에서 만나는 젊은 여자가 따로 있고 아주머니는 그걸 알고 있어서 둘은 이미 이혼만 안 했지 거의 갈라선 사이는 아닐까? 그리고 아주머니는 그 스트레스로 아이들 성적에만 집착하진 않을까?', '저 뒤에 웃으며 서 있는 두 형제가 엄청 앙숙인 건 아닐까?', '저 제복을 입고 미소 짓는 아

들이 아버지를 경멸하진 않을까?'

그렇다. 난 이런 상상 많이 한다. 참 못됐다. 암, 그럼 그렇지.

정작 저 사진 속 모습처럼 온 가족이 한곳을 바라보며 정장을 입고 함박웃음 지을 일이 살면서 몇 번이나 있을까? 아마 저 사진 찍을 때 한 번뿐일 것이리라. 오히려 진짜 가족사진이라면 아버지는 거실 소파에 누워 자고 있고, 어머니는 드라마를 보고, 아들은 방에 박혀 게임을 하거나 동생과 다투거나 하는 모습을 담아야 하는 것 아닐까? 돈 걱정 하는 어머니의 모습이라거나, 아버지와 사이가 나빠 항상 얼굴을 찡그리는 딸이라거나, 부모가 싫어하는 딸의 남자친구 모습도 담겨야 할 것이다. 이게 오히려 가족의 진솔한 모습 아닐까?

내가 가족사진을 볼 때마다 '이건 가짜야'라고 느끼는 이유가 바로 이것이다. 정작 사진 속 가족은 그 집에 없다. 라면 봉지에 보면 그럴싸한 라면 사진이 붙어 있다. 계란도 면 위에 폭 잘 안겨 있고 각종 야채들도 풍성하게 얹어져 있다. 그리고 그 밑에 작은 글씨로 이렇게 쓰여 있다.

'조리예.'

어쩌면 우리는 바로 그 '조리예'처럼 삶을 가장하는 것은 아닐까? 정작 내가 끓인 라면은 그저 국물에 면만 들어 있고 그마저도 냄비째 먹기도 한다. 그럼 어떤가? 그냥 그게 평범한 모습이라고, 그게 라면이라고 인정하면 좋을 것 같다. 온 가족이 미소 짓고 있는 가족사진을 나는 '조리에 사진'이라고 명명하겠다.

그렇다면 우리는 왜 이런 가족사진을 찍고 부끄러워하지 않고 보란듯이 벽에 걸어놓는 것일까? 나는 그 사진 속에서 우리 사회가 강요하는 가족의 모습을 본다. 근엄한 아버지, 자상한 어머니, 토끼 같은 자식들이라는 정해진 이미지 안에서 가족들은 그저 역할극을 할 뿐이다. 그리고 그들 모두는 화목해야 한다. 토끼 같은 아버지, 근엄한 어머니, 자상한 자식들은 허용되지 않는다.

사회구조가 변하면서 기존의 가족 형태도 변하고 있다. 예전처럼 부모가 자식과 오래 함께 사는 경우도 많지 않고 이혼, 입양, 동거 등의 다양한 가족 관계의 변화가 고스란히 가족 문화에도 전해지고 있는 마당에 예전 가족의 형태만을 강조하는 사고방식은 이제 변해야 한다고 본다. 예능 프로그램 중에 아이들을 대상으로 한 것들이 많다. 천진난만한 아이들의 모습을 볼 때면 나 역시도 즐겁고 기분이 좋아진다. 그러나 그 프로그램에는 항상 부모가 모두 있는 가정만 나온다. 한 부모 자녀라든가, 이혼 가정이라든가, 다문화 가정 혹은 이복형제 등의 가족 형태는 배제된다. '화목한 가정의 모습'이라는 강력한 고정관념으로 인해 다양한 형태의 가족 모습을 우리 사회에서 소외시킨다.

나는 언제나 강요되는 화목한 가정의 모습이 지겹다. 아무도 화목하지 않은 화목한 가정, 그 안에서 누군가는 억압되고 피해받는 역할극. 화목이란 이름 아래 고통받는 소리 없는 피해자들이 보인다. 지금이라도 가족사진의 허구에서 나와 모두의 개성이 뒤섞인 가족의 모습을 되찾았으면 한다.

가족에 대하여 1

나는 가족이 '룸메이트'라고 생각한다. 아무런 인연도 아닌, 그저 우연으로 맺어진 룸메이트. 생각을 해보자. 내가 대학교에 입학을 해서 기숙사에 들어갔다고 말이다. 그 방은 4인 1실이고, 재학생 세 명이 살고 있던 방에 내가 신입생으로 들어간 것이다. 그중 졸업을 앞둔 고참 선배가 두 명, 나보다 한 학번 높은 2학년 선배가 한 명. 이게 내가 생각하는 우리 가족이다. 아니, 모든 가족이 그렇다고 생각한다. 어느 누구도 부모를 선택해서 태어나지 않았고, 부모 또한 자식을 선택하지 않았다. 물론, 언제 아이를 가져야겠다는 부모의 계획은 있을 수 있지만, 꼭 어떤 아이를 낳겠다고 선택하지는 못한다. 마치 4인 1실 기숙사에 어떤 신입생이 들어올지 모르는 것처럼.

만일 내가 우리 어머니의 배 속에서 태어나지 않고 같은 날 같은 시각 다른 곳에서 태어났다면, 나를 낳은 다른 여성이 어머니로서 나를 돌보았을 것이다. 마찬가지로 나 대신 다른 사람이 우리집에서 태어났다면 '김종현'이라는 이름을 갖고 우리집의 둘째 아들로 지금 나의 어머니에게 큰 사랑을 받고 자랐을 것이다. 여기까지 이야기하면 대체로 "너무 냉정한 것 아니야?", "그래도 너를 키워준 부모인데"라는 반응을 보이기도 한다. 그런가? 오히려 나는 이런 생각을 하게 된 이후부터 나를 낳아준 젊은 부부가 보이기 시작했다. 가난하고 어리숙한, 그러나 서로에 대한 배려와 자식에 대한 사랑을 가진 한 쌍의 부부. 그들이 나의 부모가 아닌, 나만큼이나 서툰 한 인간으로 보이기 시작했다.

나와 아버지는 성향이 잘 맞지 않는다. 나의 아버지는 매우 성실하고 근면한 스타일이고, 나는 느긋하고 여유로운 스타일이다. (게으르다는 표현은 거부한다. 그저 느긋―한 거다.) 나의 아버지는 항상 자동차에 기름을 가득 채우고 다니는 스타일이고, 나는 지갑에 돈이 한푼 없어도 그냥 훌훌 잘 돌아다니는 스타일이다. 우리 아버지가 일기예보를 꼼꼼히 보고 우산을 챙겨 나가는 스타일이라면, 나는 일기예보 따위는 보지 않고 우산 또한 지금 비가 오고 있지 않으면 챙겨 나가지 않는다. 이 얼마나 다른 인간 조합이란 말인가! 아마 학창 시절 우리가 같은 반 친구로 만났다면 친한 친구는 될 수 없었을 것이다.

그런데 의외로 나와 아버지는 그럭저럭 지낸다. 곰살맞게 이야기를 나누는 다정한 사이는 아니지만 그렇다고 서로 목청 높여 다투지도 않는다. 그는 그저 우연히 나의 아버지 역할을 맡게 된 것이고 나 또한 그의 아들 역할을 맡았을 뿐이지 않는가. 그런 관계를 맺었을 뿐 우린 그저 서로 다른 사람인 거다.

아까 하던 기숙사 이야기로 가정해보자. 배정받은 방에 들어 갔더니 졸업반 고참 선배가 나랑 너무 안 맞는다고. 맨날 내가 싫어하는 음악만 틀고, 나는 늦게 자는 편인데 항상 일찍 잔다 고 불 끄라고 하는 사람이다. 어쩌겠나? 친해지기 어려운 것을. 정 마음에 안 들면 방을 바꾸든가 그게 아니면 그냥 적당한 거 리를 두고 무탈하게 지내야지.

그러나 보통 문제는 여기서 발생한다. 만일 고참 선배가 "너는 신입생이니까 우리 방 규칙에 따라야 해"라거나 "우리가 같은 방 에 배정받은 것은 운명이니 항상 사이좋게 지내야 하고 밥도 매 번 같이 먹어야 해", "생일 때는 무슨 일이 있어도 모여야 하고 넷 이 웃으면서 사진도 한 방 찍어서 방에 걸어둬야 해"라고 강요하 기 시작한다면. 어라? 이거 어디서 많이 들어본 말 아닌가? 나 역시 어렸을 때 이런 이야기를 많이 들었다. 그리고 그때 알았다. 어떤 조직의 화목에는 누군가의 희생이 필요하다는 것을.

지금은 아니지만 내가 고등학교 때까지만 해도 우리 친가는 제사를 지냈다. 당시만 해도 아버지의 형제들이 서울에 살아서 1년에 두세 번 큰집에 모여 제사를 지냈다. 반골 기질을 가진 나 는 제사를 극도로 싫어했는데, 도무지 이해 가지 않는 제사의 모습 때문이었다.

큰아버지와 나의 아버지 그리고 작은아버지로 연결된 삼형제 가족이 주로 모여 제사를 치렀다. (우리 아버지는 형제 중 둘째다.) 아버지를 포함한 삼형제는 평생 넥타이를 매지 않는 일을 했는데 1년에 딱 두세 번 넥타이를 매고 정장 입는 날이 바로 제삿날이었다. 자주 입지 않으니 조금 헐거운 듯 어색한 정장을 입고 그 어느 때보다 경건하게 제사 의식을 치르는 모습이 어린 나에게는 좀 기이하기까지 했다. 제사상 앞 첫 줄에는 아버지와 형제들이 쭉 서고 그 뒷줄에는 나와 사촌 형제들이 역시나 쭉 서서 절을 했다. 멀뚱히 서 있는 것이 지루해 내가 사촌동생들에게 장난이라도 치려고 하면, 나의 아버지는 나를 돌아보며 "어허, 어디" 하는 식으로 나무랐는데 마치 목사님처럼 평소보다 근엄한 목소리를 내곤 했다. 그러고 나서 고개를 돌려 절을 할 때면 코앞에 보이는 아버지 엉덩이에 똥침이라도 놓고 싶은 충동이 들었다. 아버지의 삼형제, 나와 형 그리고 사촌동생들이 근엄한 의식을 치르는 동안, 나의 어머니 그리고 큰어머니와 작은어머니는 부엌에서 소곤소곤 대화를 나누었다. 그 세 사람은 제사 전날부터 모여 음식을 만들었다. 그런데 절은 정작 전 하나 부치지 않은 남자들만 하는 것이었다.

나는 도무지 이해하지 못했다. 경건한 제사 의식이 끝나고 식사하는 자리는 언제나 아버지의 삼형제가 가운데에 앉고 나와 형, 사촌동생들은 그 아래쪽에 앉았다. 음식을 만든 세 사람은 음식을 나르느라 정작 같이 앉지 못했다. 밥상머리에서의 대화는 역시 아버지 삼형제의 독차지였는데 대화 주제는 주로 세계 경제, 우리나라 정치, 우리 가문의 역사 등등이었다. 나는 그저 얼른 밥 먹고 방에 들어가서 컴퓨터나 해야지, 생각할 뿐이었다. 그때쯤 나의 아버지는 흡족한 듯 이런 말을 한마디씩 섞곤 했다.

"이렇게 때마다 한번씩 온 가족이 모이니 얼마나 좋으냐. 제사는 참 좋은 것이야."

아마도 그때부터였던 것 같다. 가족의 화목이란 것이 끔찍하게 여겨지기 시작한 순간이. '가족의 화목'이란 말 안에 얼마나 많은 폭력과 희생이 숨어 있는가. 나는 우리 가족이 누구 하나의 희생을 바탕으로 화목하기를 바라지 않는다. 그저 우연히 맺어진 가족이라는 인연 안에서 각자 자유롭게 지냈으면 한다.

가족에 대하여 2

가족에 대한 나의 생각을 이야기하면 보통 "부모님하고 사이 안 좋으시죠?" 혹은 "부모님이 다 이해해주세요?"라고 묻는다. 충분히 그렇게 물어볼 만하다. 우리 사회는 여전히 유교적 가족주의가 강하다. 사실 그래서 아쉬움도 조금 있다. 아버지로서가 아닌, 어머니로서가 아닌, 인간으로서 그들의 이야기를 듣고 싶은데 그놈의 가부장적 사고방식이 뭔지 나의 아버지에게는 아직도 스스로 근엄한 아버지다워야 한다는 낡아빠진 사고가 뿌리 깊게 남아 있는 것 같다. 어찌 보면 그렇게 스스로 가족 안에서 고립되어가는 것 같아 조금 불쌍하기도 하다.

선택하지 않았으나 어쨌거나 나는 우리 부모의 자식으로 태어났다. 처음 내 울음을 보인 것도 그들이고 내가 자라면서 겪은 인생의 순간들을 좋으나 싫으나 함께한 유일한 존재가 바로 그들이다. 또한 20대 후반 젊은 한 쌍의 커플이 환갑을 지나 나이들어가는 모습을 한집에서 지켜본 유일한 사람들이다. 소파에 누워 TV를 보며 잠이 들고, 코를 골고 방귀를 뀌고도 서로 아무렇지 않은 유일한 사이라는 거다. 그렇게 오랜 시간 지근거리에서 지켜본 사이지만 '부모'와 '자식'이라는 구도에 갇혀 오히려 진짜 그들의 이야기를 듣지 못한다는 사실 그리고 나 역시 아들이 아닌 인간 '김종현'으로서 그들과 이야기를 나누지 못한다는 사실을 느낄 때면 조금 서글프기도 하다.

하지만 어쩌겠는가? 나는 그냥 나의 부모를 나와 가족으로 맺어진 '서툴고 예쁜' 나와 같은 존재로 대하기로 했다. 부모가 나를 이해하든 말든 나는 나대로 행동하는 것이다. 그들이 나를 받아들이지 못한다면 어쩔 수 없는 것이겠지.

나의 애인이 나의 부모를 처음 만난 날의 이야기다. 하루는 애인과 '우리 부모님 집' 근처에서 술을 마셨다. (나는 지금 부모님 집에 얹혀살고 있다. 그래서 우리 집이라기보다 '우리 부모님 집'이란 표현이 보다 적합하다.) 술도 많이 마신데다 시간도 늦은 상황이라 택시 타느니 집에서 자고 가는 게 어떻겠느냐고 했다. 나의 애인도 보통이 아닌 것이 그전까지 나의 부모와 일면식도 없던 터라 부담스러워서라도 그냥 택시 타고 갈 법도 한데 순순히 "그래" 하고는 '우리 부모님 집'에서 자고 간다는 것이었다. 그래서 둘이 집에 들어왔다. 그때가 금요일 늦은 밤. 이미 나의 부모는 잠이 든 상태였다.

다음날이 밝았다. 그러니까 평화로운 토요일 아침. 마침 애인이 일찍 나가야 해서 먼저 씻고 나가겠다고 했다. 내 방을 나서서 욕실까지 가려면 거실을 거쳐야 하는데 이미 거실에서는 TV 소리가 들리기 시작했다.

"아마 우리 부모님이 TV 보시는 것 같은데. 어색하면 내가 같이 나갈까?"
"아냐, 괜찮아. 나 씻고 올게."

나의 애인은 이렇게 씩씩하게 내 방을 나섰다. 내 잠옷을 입고 이제 막 일어난 채로. 그리고 잠시 후 거실에서 이런 소리가 들려왔다.

"누구세요?"

거실에서 TV를 보던 나의 어머니가 애인에게 처음 던진 말이었고 그게 그 둘의 역사적 첫 만남이었다. 토요일 아침, 우리 집 거실, 내 잠옷. 애인이 씻는 사이 마침 약속이 있던 나의 부모는 외출을 했고, 곧이어 애인도 외출하자 나는 다시 잠이 들었다. 그러고 나서 그날 저녁식사 자리. 어머니와 아버지 그리고 나, 이렇게 셋이 식사를 하는데 두 사람은 자꾸만 다른 주제의 이야기만 나누는 것이었다.

"오늘 아침에 좀 당황하셨죠?"

결국 내가 먼저 말했다.

"응? 왜? 아, 네 여자친구? 좀 놀라긴 했는데, 뭐."

"누구? 여자친구가 왔어?"

"아침에 우리 외출하기 전에 잠깐 마주쳤어요. 어제 종현이 방에서 같이 있었나봐."

그다음주 금요일 밤, 공교롭게도 같은 상황이 되어 나와 애인이 또다시 내 방에서 토요일 아침을 맞았다. 이번에도 애인이 먼저 씻으려고 TV를 보는 어머니가 있는 거실을 거쳐 욕실로 갔다. 이후 내가 샤워를 하고 나오니 거실 소파에 어머니와 애인이 함께 앉아 있었다. 나의 어머니는 애인에게 과일을 깎아주며 말했다.

"귀엽네. 자주 놀러와요."

나에게는 형이 한 명 있다. 형은 형수, 조카와 함께 멕시코에 살고 있는데 2017년 봄, 어머니와 아버지를 모시고 한 달간 멕시코에 가기로 했다. 그러자 나의 어머니는 이렇게 말했다.

"니 애인도 같이 가자. 비행기표 사줄게."

모험심 많은 나의 애인도 함께 가고 싶어했다. 아무리 그래도 형과 형수는 내 애인을 만난 적 없으니 그들의 의견을 물어야겠다 싶어 형에게 전화를 걸었다. 내가 직접 형에게 전화를 건 것은 형이 외국에 사는 10년을 통틀어 아마도 처음이었을 것이다.

"형, 나 종현인데. 다음달 멕시코 갈 때 애인이랑 같이 갈까 하는데 괜찮아?"
"응. 괜찮아. 그사이에 애인 바뀌면 그때 만나는 애인이랑 와."

이 말을 형은 유머랍시고 내게 했다. 스피커폰으로 애인이랑 같이 듣고 있었는데.
그렇게 나와 애인은 부모님과 함께 한 달간 멕시코에 다녀왔다. 멕시코에서 돌아오던 날, 나의 형수는 애인에게 말했다.

"너무 아쉽다. 언제든 멕시코 또 놀러와. 종현이랑 헤어지면 그냥 너 혼자 와."

형수 너마저……

나는 가족이 특별한 관계라고 생각하지 않는다. 운명의 끈으로 맺어졌다고노 보시 않는다. 오히려 그렇게 생각하기에 유별나게 서로의 영역을 침범하지 않는다. '당신은 나의 아버지로서 이래야 해!'라는 생각도 하지 않는다. 나의 아버지로서의 역할을 지녔지만 그 역할보다 우선하는 것은 그 자신이므로 그가 자유롭고 행복하기를 바란다. 그게 나의 아버지 역할과 반할지라도 그가 자신의 행복을 위해 선택한 것이라면 존중할 것이다.

이제 곧 학교에 들어갈 하나뿐인 나의 조카를 바라보는 시선도 마찬가지. 이 고통스럽고 또 불안한 삶을 나의 조카도 두 어깨에 짊어지고 평생 살아가야 하겠지만 그 안에서 무엇을 선택하든 자유롭게 본인의 뜻대로 살기를 바란다. 그게 가족이라는 이름으로 맺어진 소중한 존재들에게 내가 바라는 전부다.

나의 가족, 애인의 가족

나는 가족들과 식사를 자주 하는 편이다. 어차피 시간 부자인데다가 다소 안 맞는 성향도 있긴 하지만 나의 부모를 좋아하기도 하기 때문이다. 효도랍시고 여행을 보내드리거나 용돈을 드릴 여력도 의지도 없지만 시간 날 때마다 동네 마실 나가듯 함께 식사하러 나간다. 애인과 두 번의 거실 마주침 이후, 나의 부모는 식사 때면 "같이 오니?" 하고 묻곤 했다. 비록 토요일 오전 예고 없이 마주치긴 했지만 내심 마음에 들었던 모양이다. 덕분에 나의 애인 또한 자주 집에 오게 되었고 자연스레 식사도 함께하게 되었다.

하루는 집 앞 고깃집에서 저녁을 먹자고 하여 애인과 함께 식당으로 갔다. 고기도 먹고 술도 한잔하다보니 나의 아버지는 발그레 흥이 올랐다. 그리고 말했다.

"우리, 노래방 갈까?"

여기서 한마디. 나는 노래방을 매우 싫어한다. 스스로 원해서 가본 적은 거의 없으며, 간혹 친구들에게 끌려가게 되어도 마이크는 잡지 않고 앉아 있는데 그 시간이 그렇게 곤욕일 수 없다. 반면 나의 아버지는 노래도 잘하고 흥도 많은 분이라 노래방에 가면 기깔나게 노래 한 곡 뽑을 수 있는 분이다. 실제로 우리 조카의 돌잔치 때 사회자가 으레 그렇듯 할아버지인 우리 아버지에게 노래 한 곡을 청했다가 흔쾌히 마이크를 받아들고 흥에 겨워 2절까지 내달리려는 것을 제지한 적이 있을 정도다. 그래서 이렇게 식사를 마치고 때때로 흥이 오르면 아버지와 어머니는 노래방으로, 나는 집으로 자연스레 각자의 길을 간다.

그런데 나의 애인 또한 만만치 않은 흥의 소유자. 한번은 노래방 마니아인 나의 후배와 같이 노래방을 갔었는데 한번 잡으면 마이크를 놓지 않기로 유명한 그 후배는 태연히 자신의 노래를 우선 예약하는 나의 애인에게 노래를 부르다 말고 이렇게 말했다.

"아니, 우선예약 하시면 안 되죠."

아무튼 그날 아버지의 노래방 제안에 나의 애인은 선뜻 '콜'을 외쳤다. 나는 안 간다고 말하자 그들은 아무렇지 않게 고개를 끄덕였고, 고깃집을 나와 나는 집으로(왼쪽), 나의 부모와 애인은 노래방으로(오른쪽) 향했다. 두어 시간 후, 집에 돌아온 나의 애인은 나를 보자마자 말했다.

"아버님 나랑 노래방 케미 완전 딱 맞아. 노래방 메이트야!"

한번은 이런 일도 있었다. 나의 어머니와 애인, 둘이서 동네 찜질방에 갔다. 워낙 자주 가는 단골집이라 어머니의 동네 친구분들이 많은 곳인데, 함께 온 젊은 사람은 누구냐는 동네 친구들의 물음에 나의 어머니는 답했다.

"예비 며느리야."

나와 같이 (혹은 나보다 더 강성인) 비혼주의자, 나의 애인은 말이 끝나기 무섭게 외쳤다.

"며느리 아니에요. 그냥 애인이에요."

나의 어머니에서 애인으로 쏠렸던 시선이 다시 어머니에게로 향했다. 그러자 어머니는 말했다.

"그러니까 예비라고, 예비."

나의 애인과 부모가 거실에서 처음 만났다면 나는 애인의 부모를 추운 겨울, 길 위에서 처음 만났다. 때는 바야흐로 2016년 겨울, 온 나라가 촛불로 불타오르던 때였다. 애인의 부모는 전형적인 386세대로 광장과 촛불에 익숙한 분들이다. 그들은 30여 년 전 광장에서 더 나은 세상을 위해 지금의 촛불이 아닌, 짱돌과 주먹을 들었던 사람들이다. 아무튼 나 역시 우리 사회가 나아지기를 바라는 열망을 담아 열심히 촛불을 들던 때였다. 200만 명의 시민이 모였다던 어느 날, 나는 광화문에서 청와대로 가는 길목에 서서 목청껏 소리를 지르고 있었다. 그때 걸려온 애인의 전화.

"자기, 어디야? 나 엄마 아빠랑 청계천 쪽에 앉아 있어. 이쪽으로 올래?"

이참에 애인 부모에게 인사도 드리면 좋겠다는 생각에 청계천 앞 세종대로로 향했다. 촛불을 든 인파가 너무 많아 도무지 어디에 앉아 있는지 찾을 수 없을 지경이었는데 저기 앞쪽에서 누군가가 손을 번쩍 들고 흔들었다. 애인의 어머니. 어떻게 내 얼굴을 알아보고 먼저 손을 흔든 것이다. 어렵사리 인파를 뚫고 애인 아버지, 애인 어머니, 애인, 이렇게 나란히 앉은 자리 끝에 앉았는데 엉덩이를 붙이기가 무섭게 애인 어머니는 내 팔꿈치를 덥석 잡으며 말했다.

"아유, 생각보다 어려 보이네."

나는 애인과 10살 차이고(내가 더 많다), 애인의 부모와는 15살 정도 차이가 난다(물론 내가 더 적다).

학창 시절 투사였다는 그들은 푸근한 인상이었는데 특히, 애인의 어머니는 내가 무지 반가운지 자꾸 이런저런 말을 걸었다. 그러나 200만의 인파가 몰린 광장 한가운데에서, 그것도 3초마다 한 번씩 구호를 외치는 집회 현장에서 나누는 대화란 대략 이런 식이었다.

"반가워요. 얼마나 보고 싶었다구. 여기 이거 초콜릿도 좀 먹어요. 찾는데 어렵진 않았어요?"라는 말을 하는 순간 200만 명의 구호가 시작되었다. 그녀와 나는 곧장 고개를 앞쪽으로 돌려 외쳤다.

"하야하라! 하야하라!"

이것이 애인의 부모와 내가 나눈 첫 대화였다.

우리 책방의 자기소개법

우리 책방에서 모임을 진행할 때 나름의 자기소개 원칙이 있다. 이름, 나이, 직업 등을 이야기하지 않고 자신을 소개하는 것이다. 흔히 자기소개를 하자고 하면, "안녕하세요. 제 이름은 ××× ×이고, ××살이며, ××를 하는 사람입니다" 하고 말한다. 그런데 이런 자기소개는 그 사람의 표면만을 나타낼 뿐, 보다 깊게 자신을 나타내지 못한다. 남이 지어준 이름으로 평생 불려야 하는 것도 억울한데 그걸 내 소개의 첫번째로 넣어야 한다니. 나는 그게 싫다. 하물며 나이도 굳이 알 필요 없는 정보이고, 직업 또한 만나자마자 알아야 할 이유가 없다.

그런데 이름, 나이, 직업, 이 세 가지를 빼고 자기를 소개해보라고 하면 당황하는 사람들이 있다. 아마도 익숙하지 않아서 그럴 것이다. 그럴 때면 다수의 모임 호스트 경험이 있는 주인장(바로, 나!)이 나선다. 나는 가장 최근에 본인이 관심 있었던 것으로 자신을 소개해보라고 조언한다. 그러면 이 순간 이 자리에 있는 그 사람을 훨씬 풍성하게 보여주는 자기소개들이 이어진다.

"저는 얼마 전에 스페인으로 여행을 다녀왔어요."
"저는 요리에 관심이 많아요."
"요즘 너무 혼자 지내는 것 같아서 여러 사람하고 이야기하고 싶어서 참여했습니다."

이렇게 자신을 소개하면 그 이후에 자연스럽게 질문을 하면서 그 사람에 대해서 알게 된다. 이름과 나이, 직업 뒤에 숨겨져 있는 그 사람의 모습에 대해서.

우리가 누군가를 온전히 이해한다는 건 불가능한 일이다. 그 사람의 내면에 들어가서 똑같이 느끼고 생각할 수도 없을뿐더러 그 사람이 살아온 시간을 모두 지켜볼 수도 없다. 더군다나 우리는 누구나 매 순간 변하는 존재다. 그렇기에 타인을 완벽히 이해하지는 못한다. 나는 그래서 이 순간 이 자리에 함께하는 상대방에 집중하는 편이다. 과거가 어땠는지는 별로 관심 없고 지금 이 사람이 어떤 생각을 갖고 있는지, 어떤 상태인지, 어떤 기분인지 등등. 그 사람의 과거가 지금 이 순간에 영향을 주고 있다면 그 과거는 현재의 일부가 되겠지만 대부분의 과거는 그저 흘러간 시간으로 무시해도 좋을 시간들이다. 그래서 이 자리에서 그 사람이 가장 고민하는 것, 가장 중요하게 생각하는 것 등을 나누기 위해 이름, 나이, 직업 등 뻔한 자기소개 요소를 제거한다.

몇 해 전 유럽을 여행할 때의 일이다. 로마에서 현지 친구들을 사귀게 되어 파티에 초대받아 간 적이 있었다. 젊은 친구들이 모여 서로 인사 나누고 춤추는 파티였는데 그곳에서 적잖은 충격을 받았다. 그들이 자신을 소개하는 방식이 대체로 이런 식이었다.

"나는 뮤지션이야."
"오, 그럼 음반도 내고 공연도 하는 거야?"
"아니. 생계를 위해서는 아이들을 가르치고 있어. 그런데 나는 음악을 하는 사람이야."

'이건 뭐지?' 싶었다. 아이들을 가르치면 선생님이라고 할 것이지 대뜸 뮤지션이라고 하다니. 그 옆에 다른 친구가 말했다.

"나는 시를 써."
"그렇구나. 근데 시만 써서는 생활이 힘들지 않아?"
"응. 그래서 나는 레스토랑에서 요리를 해. 그렇게 돈을 벌어. 하지만 항상 시를 쓰고 생각해. 난 시인이야."

언제부턴가 우리는 자기 자신의 정체성을 어떻게 돈을 버는 사람인가로만 한정해왔다. 어떻게 돈을 버는가, 얼마나 버는가가 곧 나의 정체성이 되어 나라는 존재의 가장 앞단에서 나를 수식한다. 어디를 가도 그 존재가 아닌, 직업으로 불리는 사회. 나는 이를 '먹고사니즘'이 잠식한 사회라고 부른다. 먹고살아야 하는 생존의 방식이 삶의 모든 영역을 지배하는 사회인 것이다. 그렇기 때문에 우리 사회에는 음악가도, 시인도 별로 없다. 그놈의 지긋지긋한 먹고사니즘 때문에.

얼마 전 본 영화 〈패터슨〉에서 주인공 '패터슨'은 (우리나라 기준으로 보면) 버스 운전사다. 먹고살기 위해 매일같이 버스를 운전하니까. 그러나 그는 언제나 시를 쓰고 시는 그의 일상에서 가장 큰 부분을 차지한다. 출간한 시집도, 등단한 경력도 없다. 그러나 그는 시인이다.

이 책을 읽는 여러분도 한번 자기소개를 해주었으면 좋겠다. 이름, 나이, 직업이 아니라 내가 지금 나에게 부여하는 정체성이 무엇인지 고민해보면 어떨까? 그렇게 자신의 정체성을 고민하고 찾아가는 사람들과는 자신을 소개할 수 있는 이야기들이 밀려온다. 그 사람만이 들려줄 수 있는 이야깃거리가 줄지어 따라나오기 때문이다. 누가 돈을 더 벌고, 더 좋은 직업을 갖고, 누가 더 잘났고 못났고를 따지는 게 아니라, 너란 사람은 어떤 사람이며 또 나는 어떤 사람인지. 이런 자기소개를 당신과 나눌 수 있기를 희망해본다.

새해
아침 단상

어제와 다를 것 없는 하루가 밝았다. 간밤에 온 문자들로 새로운 한 해가 밝았음을 알았다. 모처럼의 안부 인사가 반가웠지만 딱히 답장을 하진 않는다.

오후에는 짐 자무시 감독의 새 영화 〈패터슨〉을 봤다. 특별할 것 없는 사람들의 일상 그대로의 영화. 그들은 시를 쓰고 노래를 부르며 사랑을 나눈다. "그래서, 뭐해서 먹고살 건데?"와 같은 질문은 등장하지 않는다.

지긋지긋한 먹고사니즘의 물음. 그저 '먹고만 사는 삶'이 집어삼킨 우리네 일상. 소박하고 인간적일 뿐인 영화 속 일상은 그래서 더 비현실적이다.

올 한 해도 보고 싶지 않은 것은 안 보고, 듣기 싫은 것 좀 안 듣고, 보기 싫은 사람 안 보면서, 그렇게 살 거다. 패터슨처럼 시를 읽고 산책을 하고 사랑하는 이와 함께 꿈을 꾸면서.

개인적으로 영화 마지막에 등장하는 일본인과의 만남이 가장 기억에 남았다. **아하!**

시간 부자로 사는 법

"영원한 건 없는 거야"라는 말을 자주 하곤 한다. 다소 냉소적이고 염세적으로 들릴지 몰라도 실제로 그렇다. 영원한 것은, 없다. 우리는 누구나 태어나는 순간부터 각자 생의 모래시계를 뒤집어놓고 살아간다. 누구도 영원히 살 수 없으며 그렇기에 우리 모두는 언젠가 생의 마지막날을 마주하게 된다. 영원이라는 개념을 지우고 나면 유한한 시간 속에 오히려 '현재'라는 가치가 선명해진다. 오늘이 내게 주어진 생의 마지막날이라면 나는 지금 하고 있는 일을 할 것인가. 지금 있는 이곳에 있을 것인가. 지금 옆에 있는 사람과 함께할 것인가.

오로지 나에게 주어진 소중한 시간을 우리는 남을 위해 일하느라, 남의 눈치를 보느라 써버린다. 정작 나를 위해 또는 사랑하는 사람을 위해 쓰지 못한다. 자발적 거지의 삶을 택하면서 스스로 다짐했던 것은 무엇보다 소중한 시간을 나와 사랑하는 이들을 위해 쓰겠다는 것이었다. 내 시간을 온전히 나의 뜻대로 쓸 수 있는 사람, 그 사람이야말로 부자가 아니겠는가.

언제가 될지 모르겠지만 나의 마지막 순간이 다가왔을 때 그제서야 밀린 숙제를 하듯 하고픈 말을 쏟아내지 않도록 현재를 살아가는 것, 그것이 내가 선망하는 삶의 태도다. 마지막 순간에서야 "내가 하고 싶었던 일은 이게 아니었다고, 당신을 진정 사랑했노라고, 다들 고마웠고 미안했다"고 후회 섞인 말을 하고 싶지 않다.

그래서인가. 비록 가진 건 없지만 나는 평소에 하고 싶은 것을 하고, 가고 싶은 곳에 가고, 보고 싶은 사람들을 본다. 고마운 사람들에게 진정으로 감사를 표하고 불편한 사람들은 웬만하면 슬쩍 피한다. 좋아하는 사람들에게는 그들이 부담스러울 정도로 들이대고 (나는 참 잘 들이댄다) 사랑하는 이에게는 매 순간 사랑을 표현하고자 노력한다. 막상 해보니 이렇게 하는 데에는 큰돈도, 노력도, 시간도 들지 않더라.

비록 자발적 거지로 살고 있기는 하지만 부유한 시간만큼은 남부럽지 않다. 영원한 것은 없다. 내가 살아 있는 시간도 유한하다. 시간 부자가 되는 길은 유한한 시간을 늘리는 것이 아니다. (물론 늘릴 수도 없지만.) 나에게 주어진 한정된 시간을 남이 아닌 그저 나를 위해 쓰겠다는 의지 하나면 충분하다.

오늘 시간 돼?
그냥 얼굴 볼까 해서

열 명의 친구가 모인 단톡방이 있다. 언제 한번 모이자는 얘기만 간간이 하다 누군가가 작심한 듯 제안한다.

"우리 말만 하지 말고 진짜 보자!"

몇몇이 제안에 적극 동의하고 어느새 투표가 시작된다.

×월 둘째주 금요일 / 토요일 / 일요일

×월 셋째주 금요일 / 토요일 / 일요일

장소는 가로수길 / 광화문 / 이태원 / 상수동

총대를 멘 이는 어서 투표를 하라고 채근하고 이내 다수결로 약속 날짜와 장소가 정해진다.

약속일 혹은 전날 밤이 되자 하나둘 일이 생겼다고 말을 하고 그럼 다른 날을 잡자고 한다. 또다시 약속 일정을 잡는 투표가 시작된다. 다음 약속 역시 같은 방식으로 미루어지고 몇 달째 모임은 성사되지 않는다.

그사이 나는 열 명의 친구들 중 보고 싶은 이를 찾아가 점심을 먹기도 하고 차도 마신다. 따로 약속 일정을 잡지 않는다. 문득 생각나면 연락해서 "오늘 시간 돼? 그냥 얼굴 볼까 해서" 하고는 만나러 간다.

사람을 서로 만나게 하는 가장 중요한 요소는 무엇일까?

독서 = 대화

"책방 하면 책 많이 읽으시겠어요."

책방 하면서 흔히 듣는 말이다. 너무나 일차원적인 질문! 그런데 막상 이런 질문을 들으면 뭐라고 답을 해야 하나 난감하기도 하다. '내가 책을 많이 읽나?', '많이가 어느 정도지?'

나는 책을 좋아하긴 하지만 닥치는 대로 읽는 다독가도 아니고 한자리에서 몇 시간씩 책만 읽는 스타일도 아니다. 한 번에 한 가지 책만 독파하지도 않는다. 그저 공간 이곳저곳에 여러 책을 늘어놓고 가방에도 한두 권씩 넣어놓고 다니면서 짬짬이 생각날 때 꺼내본다. 서점에 가는 것을 좋아하기는 하지만 베스트셀러 같은 책은 잘 읽지 않는다. 서점의 신간 코너를 둘러보는 횟수만큼이나 도서관에 들러 손때 묻은 책들을 훑어보기도 한다.

나에게 독서는 '대화'다. 저자와의 대화. 내가 니체를 만나서 이야기를 나눌 수도 없고, 카뮈랑 대화를 할 수도 없지 않은가. (그 둘은 이미 죽었고 게다가 나는 독어나 불어를 하지 못하니 만난다 해도 대화할 수가 없다.) 그들과 대화를 나누는 유일한 방법은 그들이 남긴 목소리, 즉 책을 읽는 것이다. 여기서 대화라는 것은 그저 시시껄렁한 농담 따먹기가 아니라 (물론 그런 내용 없는 책들도 서점에 많이 있다. 그리고 희한하게 대체로 그런 책들이 인기가 많다) 생각을 정제된 언어로 다듬은 밀도 있는 대화다.

책은 저자의 생각을 충분히 정제하여 상대방이 이해할 수 있는 언어로 엮은 글 뭉텅이다. 그래서 나는 내가 이야기 나누고 싶은 사람의 책을 찾아 그들과 대화 나누기를 즐긴다. 나와 생각이 같은 사람들, 혹은 나보다 먼저 생각한 사람들, 또는 그저 궁금한 사람들의 이야기를 책을 통해 듣는다.

꼭 책을 통해서만 대화를 나눌 수 있을까? 당연히 아니다. (그럴 리가!) 직접 만나서 대화를 나누는 것도 좋고, TV나 라디오 인터뷰를 통해서 만날 수도 있다. 혹은 그들의 작품, 그림이나 영화, 음악을 통해서도 우리는 그들과 대화를 나눌 수 있다. 문제는 다른 대화 방식에 비해 우리는 유독 책만을 좋게 말하면 고귀하게, 나쁘게 말하면 어렵게 여긴다는 것이다. 나는 독서를 작가와 직접 대화하는 것 또는 인터뷰를 보는 것, 아니면 그림이나 영화를 보는 것과 다를 바 없다고 여긴다. 그런데 우리는 독서에 대해서는 유독 무겁게 대한다. 책은 무조건 읽어야 하는 것이라고 말하고 다독을 강조한다. 1년에 100권 읽기에 도전하기도 하고 독서를 잘하기 위해 독서법에 대한 책을 찾아 읽는다. 역설적이게도 독서를 유별나게 여기면 여길수록 책과는 멀어진다.

나는 책을 만만하게 생각한다. 작고 가벼운 책들을 휙 접듯이 펼쳐 한 손에 들고 읽기를 즐긴다. 읽다가 잠이 들면 베개 밑에 책이 깔려 있기도 하고, 이불과 내 배 사이에서 온통 구겨질 때도 있다. 그게 뭐 어떤가? 가끔 난해한 책을 읽을 때면 머리를 긁적이는데 그때 읽던 책장 위에 머리카락이 떨어지기도 한다. 그럼 책 가운데 골에 머리카락을 밀어넣고 다음 장으로 행진한다. 그리고 이건 비밀인데(라고 하면서 쓴다) 독서를 하다보면 왜 그렇게 코가 가려운지. 가끔 (아주 가끔) 코를 긁적긁적하다 코딱지가 나오기도 한다.

그럼 뭐 어떤가? 독서는 작가와의 대화와 같다고 하지 않았나. 누군가와 대화를 나눌 때 편한 마음으로 임해야 좋지 않나? 격식 차린답시고 불편한 옷을 입고 불편한 마음으로 마주앉아 대화한다면 얼마나 솔직하고 깊은 대화를 나눌 수 있을까? 나는 책을 읽다가도 '뭐야, 이 사람. 나랑 잘 안 맞네' 싶으면 언제라도 책을 덮는다. 대화가 안 통하는 사람은 어디든 있기 마련이니까. 반대로 별생각 없이 펼친 책에서 온갖 재미와 유익함이 쏟아지는 경우가 있다. 그런 책은 두고두고 반복해서 읽는다. 말이 통하는 사람과의 대화는 언제라도 좋은 법이니까.

언젠가 책방에서 손님이 이런 이야기를 한 적이 있다.

"저의 올해 목표는 책을 50권 읽는 거예요."
그때 나는 그 손님에게 이렇게 답했다.
"좋은 목표네요. 올해 그 목표를 달성한다면 내년에는 올해 읽은 50권 중 가장 좋았던 책 한 권을 다시 50번 반복해서 읽어보면 어떨까요?"

우리가 태어나기 수천 년 혹은 수만 년 전부터 많은 이들은 살고 또 죽었고 사는 동안 그들은 생각하고 또 경험했다. 그들의 이야기는 보이지 않는 시간 속에 모두 묻혔다. 어딘가 서글픈 이야기다. 하지만 아주 극소수이기는 해도 책으로 몇몇의 생각은 남아 지금도 이어지고 있다. 나는 그들의 이야기를 들을 수 있음에 감사함을 느끼고 책을 통해 그들에게 친근함을 느낀다. 편안한 소파에 앉아 한 손으로는 턱을 괴고 다른 손으로 책을 손에 들고 읽고 있노라면 내가 있는 이곳이 어느새 그 작가가 글을 쓰던 시공간으로 변한다. 나는 사람을 좋아하고 또 그들과의 격없는 대화를 즐긴다. 독서는 나에게 만나고 싶은 누군가와 언제든 대화를 시작할 수 있는 가장 좋은 방법이다.

고로 나는 오늘도 읽는다. 그러니 다들 책을 그냥 편하게 여기시길. 지금 읽고 있는 이 책도 읽다 재미없으면 과감히 덮어도

좋…… 좋을 리가. 뭐? 지금 코가 갑자기 가렵다고? 혹 코딱지가
나오면 휴지에 닦으시길. 이 책은 안 돼!

텔레비전을 싫어한다

나는 TV 보는 것을 싫어한다. 스포츠와 뉴스 등 몇몇 챙겨 보는 프로그램을 제외하고는 거의 보지 않는다. 책을 읽고, 영화를 보고, 산책하기는 좋아하지만 TV 보는 것은 싫다. 특히 TV 앞에 멍하니 앉아 채널 돌리는 일은 절대 하지 않는다.

그 이유가 뭘까 생각해보니 주변 환경의 영향 때문이었다. 어려서부터 (물론 지금까지도) 우리 집에서 가장 '열일'하는 것은 바로 TV였다. 아버지가 퇴근하는 저녁시간부터 잠자려고 불을 끄기 직전까지, 심지어는 불을 끄고 나서까지도 쉬지 않고 열심히 일을 하는 것은 바로 TV였다. 주말이면 아침에 일어나자마자 가장 먼저 켜지는 것도 TV였고, 외출하기 직전까지 소리를 내는 것 또한 TV였다. 나는 그게 그렇게 싫었다. 내가 외출하고 집에 돌아오면 변함없이 보는 풍경이 있다. 바로 아버지와 어머니의 뒤통수. 그리고 나를 마주보는 건 TV. 거의 단 한 번의 예외도 없이 같은 풍경이었다. '왜 우리 가족은 얼굴을 마주보지 않

을까?', '왜 대화하지 않고 TV만 떠들도록 내버려두는 것일까?'
나는 매번 이런 질문을 품었다.

우리집은 책을 보는 분위기가 아니었다. 난 단 한 번도 어머니
와 아버지가 집에서 책을 읽는 모습을 본 적이 없다. 잠을 자고,
씻고, 밥 먹는 시간 외에 모든 시간 무엇을 할지는 정해져 있다.
거실의 TV를 바라보는 것. 백남준 선생의 작품 〈TV 부처〉를 보
면 텔레비전 앞에 가부좌를 튼 불상이 끊임없이 TV를 바라보
는 모습이 연출되어 있다. 나는 TV를 보는 아버지의 뒤통수를
볼 때면 가끔 〈TV 부처〉가 떠올랐다.

아마도 그래서일 것이다. 평생 서점 한 번 가지 않는 우리집에
서 반골 기질을 가진 내가 태어났으니 자연히 책을 좋아하고 책
방을 할 수밖에. (나는 무조건 반대로 하니까.) 항상 TV가 켜져 있기에
거실은 나의 공간이 아니었다. 나는 항상 방에서 책을 읽거나 집
밖에서 책을 읽었다. 극장에서 영화를 보거나 카페에서 글을 끄
적이기도 했다.

영화도 좋아하면서 텔레비전이 뭐 그리 대수냐고 물을 수 있
는데 아무 생각 없이 습관적으로 TV를 틀어놓는 것은 영화를
보는 것과는 전혀 다르다. 필요한 정보 혹은 재미를 위해 스스로
찾아서 본다면 TV도 충분히 활용가치가 있을 것이다. 그러나 내
가 말한 우리집에서 TV를 보는 모습은 오히려 TV에 종속되어
있는 것에 가깝다. TV가 아버지에게는 친구고, 학교고, 선배고,

선생님이다. TV에서 나오는 정보가 곧 지식이 되고 세상이 된다. 나의 아버지는 TV에서 나온 지식으로 말하고 TV에서 나온 관점으로 세상을 본다.

그런데 TV 프로그램은 누가 만들지? 예전에 사업을 할 때 케이블 채널에 광고를 내볼까 고민한 적이 있었다. PPL이라고 하는 방식인데 유명 케이블 프로그램에서 우리 제품을 잠깐 소개해주는 광고 형태였다. 그게 당시에 수천만 원이었던가? 아무튼 감당이 안 될 만큼 비쌌던 기억이 난다. 결국 포기했다. 다시 말하면 TV에 나오는 것들은 기업에서 그만큼 다 돈을 낸 것들이다. 그 돈은 다시 TV를 보고 제품을 구입하는 시청자들의 주머니에서 나올 것이고, 기업은 광고비 이상의 돈을 번다. 그만큼 홍보 효과가 있는 것이다.

그러다가 이런 생각도 해보았다. 그럼 광고가 끝나고 나오는 것은? 뉴스는 어떨까? 그건 믿을 만한가? 나는 뉴스 또한 광고와 다를 바 없다고 생각한다. 좀 웃기지 않은가? 기업에서 만든 영상은 그저 광고이고 그게 끝나고 시작하는 뉴스는 마치 진실이나 제대로 된 정보라고 여기는 것 말이다. 만약 1분짜리 광고를 방송하는 데 광고비가 100만 원이 들었고 그만큼 홍보 효과가 있었다면 50분짜리 뉴스를 방송했을 때 홍보 효과는 얼마란 말인가? 그렇다면 과연 권력자들이나 기업이 그것을 가만히 내버려둘까?

나는 TV의 모든 것을 온전히 믿지 않는다. 적당히 자본의 논리대로, 적당히 권력의 뜻대로 만들어졌겠거니 생각하고 스포츠 중계 같은 것들만 골라본다. 아마 우리집이 유별난 집도 아닐 것이다. 열심히 일하고 퇴근해서 딱히 취미를 가질 여건이 안 되었던 우리 부모 세대에게 TV만큼 손쉬운 선택도 없었을 것이다. TV 속 사람들이 바쁜 그들을 웃겨주고, 대신 해외여행을 해주고, 대신 행복해주지 않나?

그래서 나는 부모님에게 TV를 그만 보라거나 책을 읽으라는 말을 하지는 않는다. 나의 부모 또한 나에게 책 그만 보고 TV 보라는 말을 하지 않는다. 다만 나는 그들이 보는 TV가 전부 진실이라고 믿지 않기만을 바랄 뿐이다.

나의 아버지는 전형적인 베이비붐 세대다. 그때 많은 또래들이 그랬듯 가난한 집안에서 자라 성실과 근면 하나로 지금까지 견뎌왔다. 먹고살 만해진 지금도 (나의 아버지는 지금 시대를 '천국'이라고 부른다) 그의 또래 세대가 그렇듯 가난에 대해 깊은 공포를 가지고 있다. 외국 한번 나가보지 못했어도 TV를 통해 나오는 우리나라 수출 증가 소식에 가슴 뛰었고, 일하느라 올림픽 경기 한번 보러 가지 못했지만 TV로 보는 88올림픽의 자랑스러운 우리나라 모습에 감동했을 것이다. (여전히 나의 아버지는 올림픽에서 우리나라 선수가 메달을 따면 자기 일처럼 기뻐한다.) 삼성 주식 한 주 없지만 외국 공항에 걸린 삼성 갤럭시 광고를 보고 뿌듯해한다. 그러나 정작 아버지 본인은 외국에 많이 나가보지도, 금메달 많이 따는 양궁을 직접 해보지도, 쇼트트랙 스케이트를 한번 신어보지도 못했다. 그리고 어느새 청춘은 그의 삶에서 살짝 비켜났다.

이제부터라도 나는 우리가 TV가 아닌 스스로의 삶과 이야기에 귀기울이기를 기대한다. 언젠가 식사를 하러 부모님과 베트남 쌀국숫집에 갔다. 쌀국수가 나오자 아버지는…… 베트남은 인구가 어떻고, 요즘 경제 상황이 이런데, 앞으로 우리나라 경제에도 이런 영향을 미친다고 하더라, '테레비' 보니까, 같은 말을 했다.

쌀국수를 먹던 나는 아버지에게 물었다.

"아버지, 이 집 쌀국수맛은 어때요?"

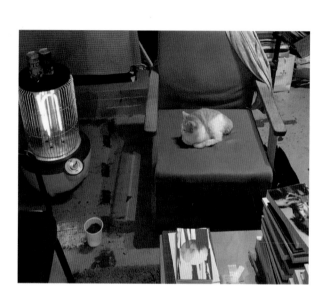

물음을 참는 우리에게

우리가 가지는 모든 물음은 위험하다. 특히나 그 물음이 삶과 세상의 본질에 맞닿은 것일수록 그 위험은 배가 된다. 물음이란 정해진 답에 복종하지 않는 것이며 적극적으로 그것에 대항하는 것이다.

그래서일까? 우리는 어려서부터 물음을 참는 훈련을 받고 자란다. 나 또한 이와 다르지 않았다. 일상의 반복 속에서 밀려오는 아득한 물음들을 차마 입 밖으로 내지 못하고 머리를 흔들어 털어버리며 어느새 어른(이라 불리는 사람)이 되었다. 내 주변 사람들과 세상은 나에게 물음을 터뜨릴 시간을 주지 않았고 대신 그 자리에 그들이 정해놓은 답을 집어넣을 뿐이었다. 함께 길을 걷다가 문득 고개를 갸웃하며 발걸음을 멈출 때마다 주변 사람들은 흔들림 없이 계속 앞으로 나아가고 있었고 그들의 뒷모습을 보며 또 한번 머리를 긁적이던 물음의 순간들. 그 순간들이 쌓여 어느 순간 내 안에서 물음이 터져나왔고 주체할 수 없어

나는 그 자리에 주저앉았다. 바로 그때부터였다. 나는 더이상 이전의 '나'가 아니었다. 물음을 던질 수 있는 '나', 답을 집어넣으려는 손길을 거부하는 '나'가 된 것이다.

대한민국에서 나고 자라며 그리 특별할 것 없는 30여 년의 시간을 보낸 내가 베스트셀러 한 권 팔지 않는 독립책방을 운영하며 '자발적 거지'라고 스스로를 규정하며 살게 된 것도 바로 이 '물음'에서부터다. 학창 시절부터 제법 성인이라고 불리는 시기가 될 때까지 제시된 답을 정확히 좇아가며 관문들을 넘을 때마다 어디선가 찜찜하게 다가오는 공허감을 느꼈다. 그리고 사회의 답에 맞추어간다는 것이 '나'라는 사람이 가진 색과 모양을 탈색하고 깎아내는 과정이었음을 깨달았다. 그때마다 느꼈던 공허감은 '나'라는 고유함이 한 조각씩 떨어져나갈 때마다 자아가 나에게 보내는 경고의 신호였던 것이다. 결국 사회가 나에게 주입했던 답이라는 것은 내가 아닌, 사회가 필요로 하는 고분고분한 하수인을 만들기 위한 훈련일 뿐이었고 나는 과감히 이를 거부하기로 했다.

현대사회는 과잉의 시대다. 모든 것이 넘쳐나고 또 누구든지 무엇이든 할 수 있다. 이 말은 '너도 빨리 목표를 세워. 그리고 그것을 달성해'라고 치환될 수 있는데 여기서부터 우리는 스스로를 불행의 구렁텅이로 빠져들게 만든다. 지금보다 더 많이 그리고 열심히 하면 나는 무엇이든 될 수 있고 모든 걸 가질 수 있다고 믿는다. 그러니 우리는 누가 시키지 않아도 더 바빠져야 하고 더 노력해야 한다.

그런데 가만히 생각해보면 그런 목표를 가져야 할 이유가 하등 없다. 학창 시절 꿈이 뭐냐고 물었을 때 친구들이 명징하고 눈으로 그려지는 꿈을 머뭇거림 없이 당당히 이야기하는 것을 보면서 가끔 놀라곤 했다. 어떻게 저럴 수가 있지? 스무 해도 살지 않았는데 어떻게 성인이 된 자신의 모습을 막힘없이 묘사할 수가 있지? 그리고 그런 꿈 하나 딱히 없는 스스로가 겸연쩍어지기도 했다. 그 당시 이야기하는 꿈이라는 것이 주로 명문대에 진학하는 것, 변호사, 의사, 판사 등 소위 '사'자 들어가는 직업을 갖는 것, 돈 많이 벌어 자식 낳고 잘 사는 것이었는데 지금 생각해보면 그것은 그들의 꿈이라기보다 그들 부모에게 좋은 자식이 되는 꿈이었다. 결국 스스로가 진정으로 원하는 미래라는 것은 고민도 해보지 않고 그저 부모의 입맛에 맞는 꿈을 하나씩 마음대로 골라잡아 제 꿈이라고 둘러대는 것일 뿐이었다. 그때마다 나는 고개를 갸웃하며 그 상황을 넘기곤 했는데 물음을 마구 집어던지게 된 요즘에 와서는 더이상 꿈 이야기를 믿지 않게 되었다.

물론 각자 성향에 따라 자신에게 더 큰 즐거움을 주는 삶의 요소가 있을 것이다. 누군가는 신나게 춤을 출 때 즐거울 것이고, 또 누군가는 사람들과 대화하고 소통하며 힘을 얻기도 한다. 또는 조용히 생각에 잠기거나 독서를 할 때 충만함을 느끼는 이도 있을 것이다. 그렇다면 남 보기에 그럴듯한 꿈을 골라잡는 것보다 과연 나는 어떤 성향을 가지고 있는가를 면밀히 그리고 깊이 파악하는 것이 중요하지 않을까?

우리는 흔히 80년 혹은 100년 가량의 짧은 삶을 살면서 그마저도 미리 정해놓고 시간표를 짜듯 삶의 궤적을 채워넣는다. 마치 미션을 설정하듯 몇 살에는 공부를 하고, 또 결혼은 몇 살이 적정하고, 노후의 삶도 정해놓는다. 초등학교 방학 때 만들던 원형의 시간계획표처럼 말이다.

하지만 우리에게 시간이 얼마나 주어졌는지는 아무도 모른다. 여기서 중요한 것은 남은 시간이 얼마인가가 아니라 지금 이 순간이 흐르고 있다는 것이다. 이 흐름 속에서 '나'의 존재를 주체적으로 행하는 것, 나는 그것을 인생 제1의 가치로 둔다. 원대한 목표, 그마저도 남을 위한 목표를 위해 현재를 희생하려고 하지 않는다. 하고 싶은 말이 있는데 눈치보여서, 혹은 남한테 미안해서 주저하지 않는다. 체면 차리고 자존심 세우기 위해 보고 싶은 사람 못 보고, 하고 싶은 것 못하며 살고 싶지 않다. 언제까지 살지는 모르지만 '지금' 내가 살아 있는 것만은 확실한 만큼 매 순간 좋은 사람들을 보고 하고 싶은 말을 나누며 원하는 것을 하고 싶다.

이처럼 우리 모두가 실존적 자각을 하면서 살아간다면 어떻게 될까? 다시 말해 모두가 현재의 행복을 유예하여 미래의 목표를 추구하는 것이 아니라 살아 있는 지금에 집중하며 살아간다면 말이다. 그렇다면 축구를 좋아하는 아이는 박지성이 될 필요도 없고 책을 좋아하는 아이가 모두 유명 작가가 될 필요도 없다.

시인 이상의 「날개」에 썼듯 나 또한 언젠가부터 사회의 모든 것이 스스럽게 느껴지곤 했다. 거리의 나무는 왜 저렇게 서 있고 사람들은 왜 저렇게 인사를 나누며 사람들이 숱하게 내뱉는 말들은 왜 하나같이 진실이 아닌 것 같은지. 모든 것이 낯설게 느껴졌다.

어느 날 밥상을 앞에 두고 눈을 껌벅이며 밥그릇을 내려다보거나 신호등 앞에 서서 맞은편 사람들을 물끄러미 바라보게 될 때 우리는 두 눈 질끈 감고 하던 일을 계속할 것이 아니라 나에게 질문을 던지는 내면의 소리를 들어야 한다. 자기계발서나 토익책을 손에 들 것이 아니라 깊은 물음을 던지는 시 한 편을 음미할 필요가 있다. 그 순간 우리는 사회가 그렇게 주입하려고 하던 정해진 답이 아닌, 스스로가 묻고 찾아낸 답을 얻게 될 것이다. 그 답은 개개인의 고유한 것이며, 당연히 어느 것도 오답이 아니다. 그저 각자의 답을 찾아 살아가고 그것이 서로의 고유성으로 인정될 때 비로소 우리는 서로를 정해진 가치의 틀에 가두지 않게 될 것이다. 우리는 하나의 목표를 향해 전력 질주를 할 필요도, 의무도 없다. 너른 광장에 서서 각자 가고 싶은 방향으로 각자의 속도로 걸어가면 된다.

우리는 이제 더이상 물음을 참지 않아도 된다.
물어도 괜찮다.
그래도 괜찮다.

나는 왜 물음을 던지는가

어렸을 때부터 나는 생각이 많은 편이었다. 학창 시절, 쉬는 시간이면 창밖 풍경을 보거나 가만히 책상 위를 바라보는 소위 '멍때릴 때'에도 끊임없이 이런저런 생각들이 머릿속으로 날아 들어왔다. '이건 왜 이렇지?', '저건 왜 저럴까?' 하는 호기심이 사소한 것에서부터 존재와 세상과 같은 '노답'인 문제까지 분야를 막론하고 가득찼다. 물론 그렇다고 해서 내가 사색만 하는 철학 소년이었다는 것은 결코 아니고. (이렇게 사색에 빠져 있다가도 쉬는 시간에도 공부하는 친구 참고서를 덮고 도망가기 일쑤였다.)

'왜'라는 질문을 제법 던져본 이들은 알겠지만 대체로 우리가 생활하면서 강요받는 일련의 행동들, 사상들, 질서들에는 '왜'에 대한 명쾌한 답이 없다. 아니, 답이 없다기보다 그것을 나에게 강요하는 사람들이 '왜'라는 질문을 던져본 적이 없기에 마땅한 답을 나에게 제시할 수 없는 것이었다. 그래서 나는 스스로 납득하지 못할 것들에 대해서 무작정 받아들이지 않기로 했다. 이 말은 무조건 반대를 하겠다는 것이 아니다. 다만 내가 스스로 납득이 되면 그것은 누가 시키지 않아도 내가 알아서 할 것이고, 그렇지 않으면 누가 아무리 강요해도 굳이 하지 않아도 된다는 나만의 규칙 같은 것이다.

우리는 왜 아침 일찍 일어나야 할까?

왜 우리는 하루에 세끼를 먹어야 할까?

우리는 왜 공부를 해야 하며, 왜 좋은 직장에 가야 하는 거지?

왜 효도를 해야 하고 시대마다 변하는, 소위 결혼 적령기라는 나이대에 결혼을 해야 하는 건가?

위 질문들에 어디 명쾌한 답이 있으신 분, 손?

나는 아침에 일찍 일어날 때도 있고, 늦게 일어날 때도 있다. 보통 아침은 안 먹고 점심과 저녁 두 끼를 먹지만 배고프면 아침을 챙겨 먹기도 하고 배가 고프지 않으면 하루에 한끼만 먹기도 한다. 남들처럼 학교도 다녔고, 회사에서 일도 해봤지만 뭐가 좋은지 모르겠더라. 그래서 그만뒀다. (물론 나의 경우에 내가 그렇게 느꼈다는 것이고 누군가는 회사생활을 좋아할 수 있다.)

그리고 나는 '비혼주의자'다. 아직 결혼을 하지 않았다는 의미인 '미혼'이 아니라 결혼을 하지 않는다는 의미로 '비혼' 상태다. 나는 결혼을 해야 할 이유를 찾지 못했고 나에게 결혼하라고 이야기하는 이들의 숱한 자기 논리에 한 번도 설득된 적이 없다. 남들이 결혼하겠다는 것을 반대할 이유도 권리도 나에게는 전혀 없지만 (그래서 남들이 결혼하거나 말거나 신경쓰지 않는다) 나 자신은 그렇게 결혼하고 싶은 마음이 없다. 우리 사회에서 갖는 결혼의 의미가 별로 와닿지 않고 그 결혼 관계 속에서 내가 행복할 것이라고 느껴지지도 않는다. 그래서 결혼? 안 하기로 했다.

우리는 어떤 답을 찾기 위해서가 아니라, 내가 누군지 알기 위해 물음을 던져야 한다. 그 물음 안에서 각자의 답을 찾기 마련이고 그것은 타인의 강요나 너그러운 얼굴을 한 사회의 해묵은 고정관념으로부터 자신을 지키는 탄탄한 버팀목이 된다.

지금 이 순간에도 숱하게 많은 질문들이 머릿속을 채우고 또 떠나간다. 애초에 이렇게 쉴 틈 없이 질문을 던지는 사람으로 태어나서 때때로 피곤하고, 대체로 자유롭다. 질문 좀 던지려고 하면 '원래 그런 거야' 하면서 입을 막는 사회에서 머릿속으로라도 끊임없이 '왜'냐고 물어본 나에게 스스로 박수를 던지며, 어렸을 때부터 이렇게 질문 많은 나에게 하나씩 대꾸해줬을 나의 부모에게도 감사의 마음을 표한다. (지금도 우리 부모는 나에게 결혼하라는 말을 하지 않는데 아마도 내가 "왜?" 하고 물었을 때 나를 설득할 논리가 없기 때문일 것이다. 우리 부모는 나의 성향을 누구보다 잘 알기에.)

우리 부모의 이야기가 나와서 말인데, 나이가 들면서 점점 나의 부모가 나에게 끼친 영향이 무척 크다는 것을 느낀다. 이렇게 호기심이 많은 성격이 된 것도, 누구 눈치보지 않고 질문을 할 수 있었던 것도, 나의 타고난 성향과 더불어 우리 부모의 교육관도 작용했을 것이다.

말 나온 김에 예를 좀 들어보고자 한다. 내가 갓 걷기 시작할 무렵 많은 활동적인 아이가 그렇듯 나 역시 혼자 마구 길을 헤집고 다녔다고 한다. 시장에 가면 혼자 마구 돌아다니면서 매대에 올려놓은 두부에 손가락을 콕 찍어넣기도 하고 이 가게 저 가게 제멋대로 들어가기 일쑤였다고. 그럴 때면 부모의 입장에서 아이를 나무라거나 제지할 수도 있었을 텐데 나의 부모(특히 나의 어머니)는 애기 손가락만한 구멍이 난 두부를 저녁거리로 살 뿐 나를 딱히 꾸짖는 편이 아니었다.

학창 시절에도 시험 성적표를 보자고 하거나 다그치는 일이 없었는데, 어찌 보면 무관심으로 느껴질 정도로 시크한 교육철학을 유지했다. 그렇기에 내가 스스로 이런저런 책에 관심을 갖거나 또 새로운 친구들을 사귈 때도 부모의 허락을 구하거나 눈치를 볼 것 없이 하고 싶은 대로 하면 됐다. 이러한 부모의 교육관이 뒷받침되지 않았다면 아마도 나 역시 끊임없이 차오르는 물음들을 그저 눈치보며 꾹꾹 마음속에 눌러 담아 삭혔을지도 모른다.

아무튼 타고난 성향과 이러한 부모의 노력 혹은 배려 덕분에

나는 끊임없이 샘솟는 질문들을 주저 없이 대면할 수 있었던 것
같다.

두 사람을 사랑하면 안 되나

📖

두 사람을 동시에 사랑하면 안 되나? 안 된다고? 왜?

나는 이 질문에 내가 납득할 만한 답을 주는 사람을 아직 만나지 못했다. (두 사람을 동시에 사랑하면 안 되는 이유를 명확히 설명할 수 있는 사람이 있다면 연락 주시길.) 사람이 누군가를 아끼고 사랑하는 것은 의미 없는 짧은 생에서 그나마 가질 수 있는 소중한 감정이다. 나는 살아 있는 동안 끊임없이 사랑해야 한다고 믿고 있으며 또 그렇게 살고 싶다. 그런데 우리 사회에서 인정받을 수 있는 사랑은 그 종류가 그리 많지 않다. 한마디로 한 사람만 사랑해야 하고 그마저도 이성이어야 (합법적으로) 결혼을 할 수 있다. 게다가 나이도 비슷해야 한다. 왜? 사람이 사람 좋아하는 데 무슨 정해진 법이 있나? 누가 여러 명을 동시에 좋아하든, 동성을 좋아하든, 나이 많은 사람을 좋아하든, 외국인을 좋아하든, 자기가 좋다면 된 것 아닌가?

사르트르와 평생 계약결혼을 유지해온 시몬 드 보부아르는 『모든 사람은 혼자다』라는 책에서 이렇게 말한다.

중국인은 내가 그들의 불행에 눈물을 흘리는 순간부터 나의 형제가 된다.

즉 우리가 이 지구 반대편 누군가에 관심을 갖는다면 그 순간 우리의 세계는 그곳까지 확장될 수 있다는 의미다. 끊임없이 그 대상에 대해 관심이 생겨나는 것, 그것이 사랑이고, 이 사랑은 상대가 반드시 사람이 아니더라도 사물일 수도 있고, 동물일 수도 있고, 혹은 형이상학적 그 무언가일 수도 있다. (철학, 종교, 역사 그 무엇이든) 대상에 대한 관심, 그리고 그 대상을 아끼는 마음이 결국 우리가 인식하는 세상의 범위를 넓혀주고 삶을 풍부하게 만들어준다.

자기 외에 그 어떤 것에도 관심 없는 사람이 있다고 치자. 그는 얼마나 좁은 세상을 살다 죽겠는가. 집 앞에 계절마다 피고 지는 꽃의 아름다움도 느끼지 못할 것이고, 매일 아침 설레는 마음으로 누군가를 떠올릴 수도 없을 것이다. 나는 한 번뿐인 생을 보다 풍요롭고 충만하게 살기 위해 자유롭게 사랑하고 느낄 수 있어야 한다고 생각한다. 내가 우리 집 앞 돌멩이가 너무 이쁘다는데 누가 뭐라 하겠는가? 내가 나보다 마흔 살 많은 여성이 너무 사랑스럽다는데 그게 사랑이 아니고 무엇이겠는가? 그런 제약 없이 자유롭게 사랑했으면 좋겠다.

우리나라는 일부일처제 사회다. 즉, 남성과 여성만이 결혼을 할 수 있고 그마저도 일대일로만 할 수 있다. 그런데 결혼제도라는 것은 절대불변의 진리로 정해진 것이 아니라 인간사회의 사회적 합의를 통해 정해진다. 따라서 사회에 따라 결혼제도도 당연히 다르다. 우리가 잘 아는 두바이의 왕족 '만수르'는 부인만 셋이다. 그 나라는 우리나라와 다르게 일부다처제를 채택하고 있기 때문이다. (잠깐. 다부다처제도 아니고, 일부다처제라니. 뭔가 불평등한 제도라는 느낌이 들지 않나?)

이렇게 사회가 정해놓은 제도를 마치 절대 어겨서는 안 되는 성역으로 받아들이는 순간, 우리는 더이상 물음을 갖지 않게 된다. 일부일처제가 가진 장점도 많지만 그렇다고 그것이 완벽한 제도도 아니다. 나는 한 사람이 여러 명을 사랑할 수도 있다고 생각한다. 이를 다자간 연애(폴리아모리)라고 부르는데, 오히려 이것이 인간 본성에 더 적합하지 않나 싶다.

다자간 연애란 "너 나랑 연애하니까 다른 사람한테 눈길도 주면 안 돼!"라는 이야기를 하지 않는 것이다. 물론 연애하는 사람이 다른 사람을 좋아하게 됐다고 하면 기분좋을 사람은 없을 것이다. 그런데 사람 감정이라는 것이 어찌 마음대로 되겠는가? 갑자기 누가 좋아졌다는데 그 마음을 어떻게 막을 수 있겠는가. 만약 나의 애인이 어느 날 나에게 "난 당신을 너무 사랑하는데

다른 사람도 사랑하게 됐어. 그렇다고 당신에 대한 사랑이 줄어
드는 건 아니야"라고 한다면 나도 미치고 팔짝 뛸 것 같다. 그런
데 가만 생각해보면 그렇다고 내가 굳이 그 사람과 헤어질 필요
가 있나? 난 그 사람을 사랑하는데? 정말 좋아한다면 "질투심
나고 화나니까 너랑 헤어질래!"라고 말하기보다 "나에 대한 사랑
은 그대로인 거지? 그럼 그 감정 변하지 않길 바랄게" 하면서 만
날 것 같다. 헤어지는 것보다 나으니까. 좋아한다고 해놓고 화가
난다고, 질투 난다고 단칼에 헤어지자고 하는 것이야말로 내가
보기엔 정말 좋아하는 게 아닌 것 같다.

그렇다고 다자간 연애라는 것이 연애하면서도 버젓이 새로운
사랑을 일부러 찾아 나서야 한다는 것은 아니다. 오히려 정말 좋
아하는 사람을 만나자는 것인데 좋아하는 사람과 연애를 하다
가 다른 누군가에 대한 감정이 생기면 솔직하게 받아들이고 그
것을 이야기하자는 것이다. 그러다가 그 감정이 다시 사그라들
고 본래 연인에게 집중할 수도 있을 것이다. 사람 마음은 모르는
것이니까.

〈줄 앤 짐〉이라는 영화가 있다. 실화를 바탕으로 한 소설 「줄
앤 짐」을 원작으로 한 프랑스 영화인데, 내용은 이러하다. 줄과
짐이라는 친구가 있는데 카트린이라는 매혹적인 여성을 만나게
된다. 이후 줄은 카트린과 사랑에 빠지게 되고 이 둘은 결혼하지
만 시간이 흘러 카트린은 짐과도 사랑에 빠지게 되어 이 셋은 한

집에 살게 된다. 이 이야기의 배경은 1910년대로 벌써 100여 년 전이다. 실제로 있었던 일이며, 이들 사이에서 태어난 아들이 프랑스의 레지스탕스 활동을 한 '스테판 에셀'이다. 실제로 스테판 에셀은 그의 어머니가 자신에게 '질투하지 않는 충만한 사랑'을 가르침으로 남겨주었다고 했다. 과연 우리는 '질투하지 않는 충만한 사랑'을 하고 있을까? 아니, 그냥 '충만한 사랑'이라도 하고는 있는 걸까?

나는 결혼을 온전히 사랑하는 사람끼리 하는 것이라고 생각했다. 아니, 지금도 그렇게 생각한다. 그런데 우리 사회에서 결혼을 말할 때 '××끼리 하는 것'이라고 한다. 여기서 퀴즈. ××에 들어갈 말은 무엇일까요? 빙고. 바로 '집안'끼리다. 나는 이 대목이 도무지 이해가 가지 않는다. 둘이 좋아서 해야 결혼이지 집안끼리 하는 게 무슨 결혼이야? 나는 만약 내가 진정 사랑하는 사람을 집안(가족)이 반대한다면 어쩔 수 없이 가족을 포기할 것이다. 가족을 그만큼 사랑하지는 않으니까. 물론 그렇게 되지 않기를 바란다. 불행한 일이므로.

나는 비혼주의자이기에 결혼을 할 생각이 없다. 애인과의 관계를 결혼이라는 제도 안에 속박하고 싶지 않기 때문이다. 집안끼리 하는 게 결혼이라면 그 사이에 얼마나 '충만한 사랑'이 있을까 의문이 들기도 한다.

그럼에도 불구하고 나는 다른 사람이 어떻게 살든 무관심한 편이다. 돈을 보고 결혼을 하든, 집안끼리 결혼을 하든, 비혼으로 살든, 독신으로 살든, 동거를 하든, 이혼을 하든, 그러거나 말거나 한다. 다만 그 선택이 온전히 그 사람의 몫이기를 바란다.

얼마 전 홍상수 감독과 김민희 배우가 연인임이 밝혀졌을 때 나는 그게 뭐 어때서? 하고 시큰둥하게 반응했다. 일단 둘이 좋든 말든 나와 상관없는 일이고, 결혼을 했든 안 했든, 나이 차이가 크든 작든 둘이 좋다는데 남이 뭐라 할 자격이 없기 때문이다. (좋아하지도 않는데 돈 때문에 결혼한다거나 집안 보고 결혼한다는 이야기가 흔해진 요지경 세상에 남들 손가락질 받더라도 둘이 좋다고 연애를 하는 건 차라리 순수한 것 아닌가?) 물론 홍상수 감독이 김민희씨와 지금의 부인을 둘 다 사랑하는 것이 아니라면 이혼하는 것이 좋다고는 개인적으로 생각하지만, 그것 또한 법적으로든 제도적으로든 부부 둘이서 합의하면 될 일이다. 오히려 사랑도 없는데 결혼 관계를 유지하는 것이 더 슬픈 일 아닌가? 하루를 살더라도 사랑하는 이와 같이 지내는 것이 행복한 삶일 텐데 말이다. 겉으로만 사이좋은 쇼윈도 부부의 삶을 사느니 욕먹더라도 지금 좋은 사람과 함께하는 삶을 선택하고 싶다.

홍상수 감독의 영화 〈당신자신과 당신의 것〉에서 이런 대사가 나온다. 불의의 사고로 갑작스럽게 세상을 떠난 고故 김주혁 배우의 대사다.

사랑 좋은 거야. 인생 뭐 있어?

다 척이야, 척.

다 똥 싸고, 밥 먹고.

진짜 사랑하는 거, 사랑만이 가치가 있어.

나머지는 다 요식행위야. 다 수작이야.

내가 과장한 거라고? 나 과장한 거 아무것도 없어.

저기요. 저 죽을 수도 있어요.

진짜 사랑하면 죽을 수 있는 거야.

죽으면 끝이잖아. 뭐 있어?

아무것도 없어.

저는요, 진짜 사랑하는 사람하고 매일 살다가

그렇게 죽고 싶어.

내가 원하는 게 그게 다야.

나머지들은 다 겁쟁이들의 보상행위야.

진짜를 버린 대가로 얻은 보상!

제일
좋은 것

아침에 샤워를 하면서 '검정치마'의 노래 〈헤야〉를 들었는데 순간 울컥하고 말았다. 수백 번도 더 들은 노래지만 '난 너랑 있는 게 제일 좋아'라는 가사가 오늘따라 너무 순수하게 들려서.

나의 어린 조카는 자신이 할 수 있는 최상의 표현으로 '제일 좋아'라고 말한다. 어린아이 특유의 억양으로.

"난 이 인형이 제일 ╱ 좋아."
"난 비누(고양이)가 제일 ╱ 좋아."

우리네 삶도 뭐 대단하고 거창한 것 같지만 실은 제일 좋은 사람과 함께 있고자 하는 것 아닌가. 서로 눈을 맞추며 '난 너랑 있는 게 제일 좋아'라고 마음을 나눌 수 있으면 된 거다. 행복, 성공 그런 게 정말 있는지도 모르겠지만, 있다고 해도 '난 너랑 있는 게 제일 좋아'라는 말을 하기 위한 과정일 뿐이지 않겠는가.
말끔히 샤워하고 가뿐한 기분으로 '제일╱' 좋은 사람과 점심을 먹으러 나서는 길에 드는 오늘 아침 단상.

금기에 대하여

금기가 많을수록 대립과 논쟁이 많아진다. 금기를 건드렸을 때 누군가는 충격을 받을 것이고, 누군가는 격렬히 분노하며 기존 질서를 옹호할 것이다. 또다른 누군가는 이제야말로 다시 한번 그 금기에 대해 생각해볼 때라며 새로운 입장을 피력하기 시작한다. 사실 이중 어떤 것도 틀리지 않았다. 추구하는 방향이 다를지라도 그 각각의 입장과 의견이 오롯이 존재하게 되면 대립이란 것 자체가 성립되지 않는다.

모든 개인이 주체적, 이성적 판단을 하고, 그 모든 의견이 존중되는 사회. 이것이 건강한 사회다. 사회가 건강해지는 바로 그 첫걸음은 '금기'를 없애는 것이다. 대체로 사회의 금기는 피지배층을 통치하기 위한 수단으로써 존재한다. (비록 우리가 인지하지 못할지라도.)

예를 들어 고등학교에서는 학생들에게 교복을 입히고 두발을

단속한다. 지각을 해서는 안 되고, 무단결석을 비롯한 기타 열외적 행동은 금기사항이다. 그런데 이러한 제약은 누굴 위한 것인가? 누구 좋으라고? 말하지 않아도 우리는 안다.

요즘 방송 프로그램에서는 부모와 청소년 자녀가 나오는 토크쇼가 심심치 않게 방영된다. 그걸 보면 기가 차는 상황이 많이 발생하는데 일단 청소년인 자녀들은 스튜디오에 교복을 입고 나와 앉아 있다. (대체 왜?) 그리고 그들이 이야기 나누는 주제는 이를테면 '고등학생에게 이성친구는 필요한 것인가?' 같은 것들이다. 더 기가 막힌 건 자녀로 등장하는 청소년들 중 대다수가 부모의 의견과 크게 다르지 않다는 것이다. 누구 하나 "이성친구가 왜? 학생이라고 연애 못하냐!" 식의 말을 하고자 하면 소위 '까진 애' 취급을 당한다.

이 부분을 보다 어제 먹은 김치찌개가 귀로 나오는 줄 알았다. 말도 안 되지 않나. 정말 저 친구들은 연애를 하고 싶어하지 않을까? 그 혈기 왕성한 시기에 좋아하는 이성(혹은 동성)을 만나고자 하는 욕구가 없다는 말인가? 연애는 대학 가서 하면 된다고? 이 친구들은 대체 무슨 생각을 머릿속에 탑재한 거지? 다시 말해 새로 산 컴퓨터 본체에 30년 전 운영체제와 소프트웨어를 깔아놓은 느낌이다. 이 학생들은 어릴지 몰라도 생각은 늙었다. 생각이 갇혀버렸고, 늙어도 한참은 꽉 막히게 늙었다. 그들은 주어진 금기를 비판 없이 그대로 받아들이며 심지어는 스스로 금기를 재생산해낸다.

학생은 애인이 있으면 되냐 안 되냐는 물론 의견을 나눌 수 있는 주제이긴 하지만 애초에 답을 찾을 수 없는 가치관의 영역이다. 누군가는 학생이라도 좋으면 만나고 손잡고 섹스도 할 수 있는 것 아니냐. 그러니 한순간 불장난으로 서로 원치 않는 상황이 발생하지 않도록 성교육이나 제대로 해주자고 할 것이고, 또 누군가는 남녀칠세부동석이며, 예로부터 동방예의지국으로 만천하에 알려진 우리나라에서 학생들끼리 연애가 웬 말이냐 할지도 모른다. (개인적으로 이성교제뿐 아니라 동성교제를 한들 지들이 좋다는데 뭘 어쩌란 말이냐의 입장이다.)

어떤 의견이든 다 좋다. 이러한 그들의 의견이 누군가의 의견을 받들어 의심 없이 내재된 것이 아니라 스스로 곰곰이 따져보고 반성해본 의견(건강한 자아의 판단)이라면 말이다. 금기와 주입에 의하여 자신의 생각을 잃어버린 아이들. 자기가 무슨 말을 하는지도 모른 채 부모의 소프트웨어를 이식받은 자식들. 모든 금기, 편견, 악습 등은 사라져야 한다고 믿는 나의 눈에는 도무지 이해할 수 없는 모습이다. 나이든 꼰대를 보고서 '아무래도 나이들면 생각이 조금 굳어지는 법이니까'라고 생각하면 '그럼 난 늙어서도 그러지 말아야겠다. 그럼 이다음에는 조금 나아지겠지'라는 희망이라도 품게 되지만, 사실적으로 껍데기만 어린 '자발적 꼰대'가 되어간다는 사실을 목도하면 심한 자괴감이 든다.

내 머릿속에 있는 생각이 참으로 나의 것인지 처절히 고민하지 않고, 또 비판 없이 흡수한 내 머릿속 타인의 생각을 내 머리 바깥으로 뱉어내는 투쟁을 하지 않고 과연 내가 내 생각으로 채워졌다고 할 수 있을까. 개개인이 자신의 생각을 모르는 세상, 알고 보니 주입된 사고와 사회적 금기가 버무려져 자신의 생각을 잠식해버린 세상. 이것이야말로 눈먼 자들의 도시가 아니고서야 무엇이겠는가. 거미줄처럼 촘촘히 짜여 우리 모두를 싸고 있는 금기의 벽을 깨뜨려야 한다. 그것이 우리가 눈을 뜨고 두 발로 설 수 있는 첫걸음이 될 것이다.

이제 금기를 넘어 눈을 뜰 시간이다.

감정이란 무엇인가

"감정이란 온몸으로 느끼는 거예요."

감정이 어디에서 오는가에 대해 이야기 나누던 중 합정동 댄서스 라운지의 '천개의 샘' 대표가 나에게 한 말이다.

"예전에는 우리의 감정이 심장에 있다고 생각했어요. 그러던 것이 우리의 뇌가 감정을 만든다고 여겼었죠. 그런데 사실 감정이란 우리의 온몸을 통해 느끼는 것이고 그 감각 자체가 감정인 거예요."

온몸으로 감정을 표현하는 댄서인 그녀의 말을 듣고 말 그대로 무릎을 탁 쳤다. (순간 내 무릎에서는 통증이라는 감정이 생겨났다.) 정말 맞는 말이다. 우리가 말하는 감정이란 사실 감각에서부터 출발하는 것이고 그것을 우리의 뇌가 적당한 수준의 연산 작용을 통해 해석하는 것이다. 사랑이든, 분노든, 즐거움이든, 고통이든 마찬가지다. 우리는 누군가에 대한 감정이 운명적인 어떤 사건을 통하여, 혹은 알 수 없는 어떤 영혼의 작용을 통하여 이루어진다고 믿기 쉽지만 실은 그저 감각이고 그로 인한 뇌의 작용인 것이다.

만일 인간의 시각이 지금보다 훨씬 더 발달했다면 어땠을까? 혹은 인간의 후각이 퇴화하여 냄새를 거의 맡지 못한다면? 그렇다면 인간이 느끼는 감정이란 것은 지금과는 훨씬 달라졌을 것이다. 우리가 감정을 타인과 나눌 수 있는 것은 인간이 가진 감각이 비슷하기 때문이다. IQ 두세 자리 수준의 지성 그리고 지금의 수준으로 진화된 오감을 장착한 우리는 딱 이만큼의 범위에서 이 세상을 느끼고 해석한다. 그 이상도 이하도 아닌 것이다. 우리가 모르는 것은 그저 모르는 것이지 신비한 무언가가 아니다.

그렇다고 해서 우리가 느끼는 감정이 무의미하다거나 무시할 대상이라는 말은 아니다. 우리는 매 순간 감정을 느끼는 존재고 그 감정은 살아가는 데에 매우 큰 부분을 차지한다. 다만 그 감정이 어디서 어떻게 오는 것인가에 대해 한번 의문을 던져보자는 것이다.

누군가를 아끼고 좋아하는 감정은 인류가 탄생시킨 이 사회를 지탱하는 데 아마도 가장 중요한 감정일 것이다. 그러한 감정

이 어디서 오는 것인지, 어떻게 만들어지는 것인지를 이해하고
자 할 때 우리는 그 감정을 더욱 소중히 여기게 되지 않을까? 감
정이란 단순히 하늘에서 뚝 떨어지는 것도 아니고, 보이지 않는
누군가에 의해 주어지는 운명 같은 것도 아니다. 감정이란 내가
가지고 있는 감각들이 이 세상을 겪으며 느끼는 경험 그 자체이
며, 그것을 나의 관점으로 해석해낸 것이다.

그렇기 때문에 각자가 느끼는 감정은 모두 다르다. 이렇게 서
로 다른 감정들이 존중될 때 우리는 감정을 보다 잘 나눌 수 있
을 것이다. 그렇게 된다면 "넌 이걸 보고도 감동이 없어?"라거나
"이게 맛이 없어?", "어떻게 사랑이 변하니?" 등의 획일화된 감정
을 강요하는 무례한 질문은 사라지게 될 것이다.

힐링에 대하여

📖

요즘 힐링이라는 말, 참 많이 한다. 그런데 정말 힐링이라는 게 효과가 있나 싶다. 내가 생각하기에 힐링이라는 것은, 속이 곪아 터졌는데 겉에 빨간약을 발라주는 처방 같다. 뼈가 부러졌는데 살 위에 반창고 붙여주는 느낌이랄까. 온갖 힘이 되는 말들을 다 갖다붙여놓고는 힐링이라고 하는데 그건 일시적인 플라세보효과 아닌가? 아픈 사람에게 필요한 것은 힐링의 말이 아니라 제대로 된 치료다. 아픈 부위를 도려내더라도, 잠깐은 더 고통스럽더라도, 문제를 해결할 수 있는 치료가 필요한 것이다. 가끔 힐링이라는 이름의 책이나 강연 내용을 보면 아무런 내용도 없이 쓰담쓰담 토닥토닥만 하는 것 같아 허탈한 느낌이 들 때가 많다.

우리는 아프다. 먹고살기 힘들고 차이와 다름을 틀림으로 간주하는 이 팍팍한 '헬조선'에서 살아 있는 것만으로도 버겁다. 이 과정에서 주변으로부터, 또 이 기대한 구조로부터, 갖은 상처를 받는다. 그러나 아프다고 소리 내는 것도 허용하지 않는 사회 안에서 우리는 울음을 삼키며 아픔을 버텨낸다. 실상은 우리 잘못이 하나 없는데도 상처받는 것이다. 나만 아픈 것이 아니라 다 같이 상처받고 있다는 것을 깨닫고 연대해서 이 구조를 바꾸어야 한다.

그런데 힐링이라는 이름으로 '나도 그랬다'고, '다 그런 거'라고, '존나게 버텨야 한다'고 손쉽게 이야기한다. 외부로부터 받은 상처를 나 혼자 받아들여 견뎌내라고 한다. 이거 너무 폭력적이다. '나도 젊었을 땐 그랬다'라면, 얼마나 아픈지 안다면, 그런 상처를 받지 않도록 바꿔야 하는 것 아닌가. "나도 그랬는데 시간 지나니 낫더라"가 아니라 "내가 그렇게 아파봤으니 그런 상처 주는 것들을 지금이라도 없애야겠다"라고 하는 게 맞지 않나?

그래서 난 힐링이라는 말을 좋아하지 않는다. 아파죽겠는데 해결은 못해줄망정 토닥토닥 쓰담쓰담 하는 팔자 좋은 말이라니. 대형서점 베스트셀러 목록에 있는, 몇몇 빈 깡통 같은 힐링 이야기를 들으면 가끔 화가 치민다. 누가 그걸 몰라서 안 하겠나.

아픈 사람한테 필요한 것은 들으나마나 한 힐링의 말이 아니라, 소리질러도 된다고, 아픈 건 표현해도 된다고 하는 응원이다. 누가 몽둥이로 아무 이유 없이 다리를 후려쳐서 뼈가 부러졌다면 그 사람은 가해자를 향해 욕지거리를 할 수 있는 것 아닌가. 아프다고 고래고래 소리지르고 화가 난다고 울음을 터뜨리는 게 당연한 것 아닌가. 그런데 그 옆에서 "그래도 욕은 하면 안 되지", "어허, 왜 그렇게 소리를 지르고 그래, 고운 말을 써야지"라고 한다면 위선 아닌가.

'힐링'은 강자의 언어다. 누군가로부터 상처받지 않는 자만이 할 수 있는 말이다. 매 순간 차별과 폭력의 위협에 노출된 보통 사람들에게는 힐링보다는 직시의 언어가 필요하다. 누군가 병에 걸려 더이상 생을 이어갈 가망이 없다고 한다면 나는 그 사람에게 "아직 희망은 있어. 긍정적으로 생각하면 병이 나을 수 있을 거야"와 같은 거짓 힐링의 말이 아니라 "남은 시간 동안 후회 없는 삶을 보내. 어떤 것도 너의 잘못이 아니야"라는 말을 전하고 싶다.

남사스러움에 대하여

남사 - 스럽다 [발음 : 남사스럽따]
「형용사」 남에게 놀림과 비웃음을 받을 듯하다
[같은 말] 남우세스럽다

'남사스럽다'라는 말을 국어사전에서 찾아본 적이 있다. 남사
스럽다는 표현, 물론 알고 있다. 뭔가 남 보기에 쑥스럽고 부끄럽
다는 말일 터인데, 내가 알고 있는 그 뜻이 맞는지 의아해 찾아
본 것이다. 이미 알고 있는 그 뜻을 굳이 찾아보고는 왠지 모를
비애를 느꼈다.

몇 해 전 우연히 한 다큐멘터리를 보았다. 그 다큐멘터리의 배
경은 '노인대학'이었는데, 70~80대의 어르신들이 지역 시설에서
공부도 같이하고 운동도 하면서 지내는 일상을 담은 것이었다.
그다지 특별해 보일 것 없는 그들의 일상을 보던 중에 나의 시선

을 끄는 대목이 하나 있었다. 바로 한 할아버지의 사랑 이야기였다. 그 할아버지는 자신의 이야기를 카메라 앞에서 담담히 털어놓았다. 이곳에서 공부하면서 여러 친구들을 사귀게 되었고 그러던 중에 마음에 맞는 할머니를 만나게 되었다고. 그 할아버지는 여러 해 전 아내와 사별하고 혼자 지내는 분이었는데 새로 사귄 그 할머니의 이야기를 하면서 해맑게 웃었다(라고 나는 기억한다. 오래전 기억이라 다소 기억이 흐릿함을 밝혀둔다). 그때 인터뷰를 하던 PD가 물었다. "그런데 그 할머니는 지금 어디 계세요?" 순간, 내 시선을 확 끄는 장면이 이어졌다. 얼굴에 주름이 가득한, 그러나 새로 사귄 할머니 이야기에 표정이 밝았던 할아버지의 눈에 눈물이 맺힌 것이다. 할아버지는 말했다. "새로 사귄 그 할머니가 너무 좋았다. 그래서 같이 지내고 싶었다. 내 나이에 장가는 무슨 장가냐, 그냥 할머니랑 같이 있고 싶었다. 그런데 자식들이 '남사스럽'고 하더라. 그 나이에 무슨 연애냐고. 그래서 헤어졌다"라고.

내 기억은 여기까지다. 그 이후의 다큐멘터리 내용은 기억도 나지 않고 그 할아버지의 눈물과 '남사스럽다'라는 자식들의 이야기, 그것만이 기억에 남는다. 나는 '남사스럽다'라는 표현을 사전에서 다시 찾아보았다. 그러고는 너무 슬펐다.

죽기 전까지 우리는 누군가와 감정을 나누고 살아가는 존재다. 나이가 들고 늙었다고 해서 그런 감정이 없을 리 없고, 이것은 지극히 자연스러운 것이다. 인간은 누구나 죽는 순간까지 애정을 갈구해야 한다. 거기에 그 어떤 부끄러움도 어색함도 없다. 누가 감히 그것을 판단하겠는가. 이팔청춘의 사랑은 보기 좋고, 여든두 살의 사랑은 남사스러운 것인가?

나는 우리 부모 중 누구라도 자신이 사랑하는 사람과 최대한 그 감정을 나누며 살기를 바란다. 나이가 들었건, 그게 지금의 상대방이 아니라 다른 사람이건 간에 단 하루를 살더라도 가장 좋은 사람과 살아야 하는 것 아닌가? 남들이 욕을 하든 말든 나는 그들이 충만한 삶을 살기를 바란다. 나 역시도 그렇다. 남사스러움? 대체 그게 뭐길래 좋아하는 두 사람의 관계를 갈라놓는 단 말인가. 남 보기에 부끄러워서 살아도 죽어 지내느니 대놓고 나를 욕하라고 하고 살아 있는 마지막 순간까지 하고 싶은 대로 하며 살아갈 것이다. 어차피 죽으면 끝인걸.

문득 다큐멘터리에 나왔던 할아버지가 떠오른다. 벌써 여러 해 전에 본 다큐멘터리였으니 지금도 그 할아버지가 살아 계실까 하는 생각이 든다. 실제로 지금 어디에 계시든 마지막 순간까지 충만한 삶을 살아가시기를 (혹은 살아가셨기를) 기원해본다.

나는 무신론자다

나는 이 세상에 정해진 운명이란 없다고 믿으며 그 어느 것도 절대자(또는 조물주)의 계획대로 흘러간다고 생각하지 않는다. 대체 이렇게 어지럽고 비루한, 지옥이 따로 없는 세상을 어떤 절대자가 만들었단 말인가? "그 절대자야말로 감옥에 가야 하지 않나?"라고 말하고 싶지만, 신이 있다 없다를 증명한다는 자체가 매우 피곤한 주제이니 나는 그저 신이 없다고 '믿는다'라고 한발 뺄까 한다. (좀더 관심 있는 분들은 리처드 도킨스의 『만들어진 신』과 같이 훌륭한 책을 참고하시길.)

아무튼 나에게 이 세상을 창조하고 이끄는 조물주 같은 존재는 없다. 모든 것은 그저 자연의 질서대로 흘러가고 그 안에 우리는 한순간 머물다 가게 되는 것이다. 로버트 피어시그가 말했다.

누군가 망상에 시달리면 정신 이상이라고 한다.
다수가 망상에 시달리면 종교라고 한다.

인간만이 종교를 믿는다. 인간을 제외한 이 세상 어떠한 존재도 종교를 믿지 않는다. 인간은 다행히도 (혹은 불행히도) IQ 세 자리 수준의 적당한 지능을 갖게 되었다. 물론 진화에 의하여. 그 지능은 역시 진화한 인간의 각종 신체 기관과 작용하여 많은 지식과 문화를 발전시켰다. 그리고 살아 있는 존재라면 누구나 느끼는 불안을 해소하기 위해 있지도 않은 절대자마저 탄생시킨 것이다. 선사시대 늑대나 맹수의 습격이 두려워 그들은 벽에 그림을 그리고 제사를 지냈다. 중세시대 유럽에서는 기독교를 중심으로 존재적 불안을 해소하고자 했다. 역병이 돌면 교회에 모여 기도를 하고, 혜성이 나타나면 신이 노했다는 신호로 받아들이기도 했다. 왜? 인간은 불안한 존재니까.

지금 시대에 누가 맹수의 습격을 막기 위해 제사를 지낸다고 하면 아주 농담을 잘하는 사람으로 여겨질 것이다. 요즘엔 몇 월 며칠 몇시에 혜성이 떨어지는 유성쇼가 펼쳐질 것이라고 일기예보에서 알려준다. 과거에는 혜성이 떨어지면 신이 노한 것이라 여겼으니, 그렇다면 이것은 일기예보가 아니라 신의 뜻을 미리 알려주는 것 아닌가? 다시 말해 인간이 자신의 불안을 해소하기 위해 만든 도구로써 종교는 작용할 뿐이다.

당연히 순기능도 있다. 종교를 믿음으로 인해 존재적 불안이 해소된다면야 그 도구로서의 종교는 제 역할을 하고 있는 것이 아닌가. 나는 종교가 이러한 순기능만 한다면 충분히 존재의 가치가 있다고 생각한다. 아무리 그렇다고 해도 나는 믿지 않겠지만.

　좋든 싫든 인간은 태어나 길어야 100여 년의 생을 살다 죽게 된다. 그렇기 때문에 우리는 우리의 피부에 와닿는 시간 개념에 주로 익숙하다. 하루살이에게는 하루가 평생이듯 말이다. 하루, 한 달, 1년, 10년. 하지만 우주의 관점에서 보면 이런 시간은 너무나 찰나의 순간이다. 우주는 150억 년쯤 전에 생겨났다. 도무지 우리의 시간 개념으로는 상상하기 어려운 시간이다. 내가 태어나기 수억 년 전에도 파도는 끊임없이 쳤고 해는 매일같이 뜨고 졌다. 비도 내리고 계절도 변했을 것이다. 이렇게 아득한 상상을 하다보면 오히려 멍해지기도 한다.

　하지만 이러한 과정을 통해 내가 여기 있게 된 것이다. 인간은 진화를 통해 지금의 모습이 된 것이지 누군가가 자신의 모습을 본떠 빚어낸 것이 아니다. 상상하기 어려운 기나긴 시간을 거쳐 만들어진 우리 존재는 그 자체로 그래서 소중하다.

　나는 인간이 별로 대단하지 않다고 느낀다. 현재 지구상에서는 가장 진화한 동물이지만 그게 뭐 어쨌단 말인가? 그저 지금 인간의 팔과 다리 같은 진화된 몸을 가졌고 언어를 사용하고 도구를 쓸 수 있을 만큼의 지능을 가졌다. 몸과 같은 기계에 뇌와 같은 컴퓨터를 탑재한 인공지능과 다를 것이 전혀 없다. 다만 지능이 있기에 내가 나의 존재를 인식할 수 있는 것이다. 이것을 영혼이라고 느낄 수도 있는데 난 그 영혼이라는 것 또한 그지 뇌의 작용이라고 본다. 2018년 초 세상을 떠난 물리학자 스티븐 호킹 박사는 죽음에 대해 '뇌'라는 컴퓨터의 전원이 꺼지는 것이라고 말했다. 동의한다. 이렇게 생각하면 좀 우울해지나? 아니, 오히려 이렇게 생각할수록 나는 더 자유로움을 느낀다.

상상해보라. 스마트폰의 인공지능이 발전해서 나와 동등한 수준의 지능을 갖추었다고 말이다. 그리고 나와 같은 몸을 기계로 만들어 둘을 연결했다고 했을 때, 그 인공지능은 언젠가 자신과 연결된 이 기계가 닳고 노후화되거나 혹은 배터리가 다 떨어지면 자신의 존재도 사라질 것이라고 인식할 것이다. 그러고는 자신의 죽음에 대해 불안을 느낀다. 그 불안을 제거하기 위해 스스로 생각하기 시작한다. '전원이 꺼지면 다음 생이 있겠지?', '지금 착한 일을 많이 하면 훗날 전원이 꺼지더라도 영원히 충전 걱정 없는 천국에 갈 수 있을 거야.' 글쎄. 그런 게 있을 리 없지 않은가? 나는 내세도 믿지 않고 전생도 믿지 않는다. 그래서 지금 살아 있는 것에만 집중한다. 아니, 지금 이 순간이 전부다. 내세를 위해, 잘 죽기 위해, 죽어서 이름을 남기기 위해, 죽어서 천당에 가기 위해, 지금을 소모하고 싶지 않다.

우리는 믿고 싶은 대로 믿고, 보고 싶은 대로 본다. 있는 그대로 보고 보는 그대로 믿는다면 어떨까? 지금 이 순간에도 누군가는 태어나고 누군가는 죽는다. 수많은 하루살이들이 태어나고 죽는다. 보이지 않는 곳에서 숱한 생명들이 나고 죽는다. 그저 그뿐이다. 그 어떤 의도나 계획은 없다. 이러한 삶의 무의미함과 덧없음을 있는 그대로 직시해보자. 그럼 신에게서 그 의미를 찾게 되는 것이 아니라 나 자신이 내 삶의 의미를 만들어나가게 된다. 나는 이렇게 신과 결별하는 과정을 통해 온전히 인간이 두 발로 설 수 있을 거라 믿는다.

지금, 여기,
살아 있음

대중과 친숙하던 배우, 김주혁이 세상을 떠났다. 이튿날 대중의 사랑을 받는 다른 두 배우는 축복 속에 결혼을 했다. 이 순간에도 누군가는 떠나고 누군가는 미래를 약속한다. 그의 죽음에 많은 이들이 애도를 표하고 참 허망한 죽음이라며 말을 더한다. 그러나 그가 죽는 순간까지 살아 있음에 열중했다면 안타까운 그의 죽음이 단지 허망할 뿐이라고 할 수는 없을 것이다. 그의 명복을 빈다.

사실 모든 죽음이란 (적어도 그 당사자에게는) 갑작스레 다가오고 그렇기에 허망하다. 아무리 나이가 많아 천수를 누렸다고 다들 이야기하고, 호상이라고 평가해도 정작 그 본인에게 죽음은 마지막 순간까지도 두려운 것이고 또 갑작스럽게 찾아온다. 우리 모두가 나도 모르게 불쑥 태어난 것처럼.

우리는 타인의 죽음을 바라보며 나의 죽음은 다를 것이라고 생각한다. 그러나 나의 죽음 또한 다르지 않을 것이다. 언제 죽을지 모른다는 것, 그것은 오히려 지금 살아 있음을 느끼게 해준다. 살아 있는 지금의 연속을 느끼는 것. 그리고 그 지금을 온전히 누리는 것. 그것이 삶의 전부라고 생각한다. 죽기 전에 해봐야 할 일이라며 버킷 리스트를 작성하기보다 집 앞 작은 카페에서 "오늘 볼까?" 하고 당신과 만나 커피 한잔 나눌 수 있는 지금이 소중하다.

좋아하는 드라마 〈네 멋대로 해라〉에 이런 대사가 나온다.

"복수씨, 살아 있을 때 살고, 죽어 있을 때 죽어요. 살아서 죽어 있지 말고, 죽어서 살아 있지 마요."

음식 유감

나는 입이 짧다. 미식가도 아니고, 대식가는 더더욱 아니다. 웬 만한 음식은 다 맛있게 먹고 특별히 더 맛있다는 음식을 먹어도 '그냥' 맛있다. (특별히 맛있는지는 잘 모르겠다.) 그래서인지 제법 나잇 살이 붙을 만한 나이인데도 고등학교 때 쓰던 허리띠가 여전히 잘 맞는다. (나는 고등학교 때 쓰던 허리띠를 아직도 쓰는데 항상 같은 칸에 허 리띠를 고정한다. 거의 20년 됐다.) 딱히 배고픔을 많이 느끼는 편도 아 니고 먹고 싶은 음식도 별로 없다. 한마디로 먹는 것과 관련해서 는 별로 재미없는 인생이다. 본래도 이런 성향인데 내가 음식을 바라보는 시각이 바뀌게 된 계기가 있었다.

학교를 졸업하고 나는 회사에 취업했다. 그다지 특별할 것 없 는 회사원이 된 것인데, 점심식사 시간이 나에게는 새로운 경험 이었다. 당시 내가 다니던 회사는 을지로입구역 앞에 있었다. 청 계천과 명동 사이에 있어서 점심시간에 온통 식사를 하러 나온 직장인들로 가득찼다.

어느 날 점심을 먹으러 가서 음식이 깔린 식탁을 물끄러미 바라보는데 기분이 묘했다. 팀원들은 이미 전투적으로 젓가락을 놀려대기 시작했다. 가만히 식탁을 바라보고 있자니 우리가 먹는 음식이라는 게 전부 무언가의 사체死體였다. 평생을 먹어왔던 밥상인데 유독 그날 그런 게 느껴졌다. (앞서도 말하지 않았던가. 나는 평소에 생각이 많다고.) 그러고는 그 밥상이 낯설게 보이기 시작했다. 물고기를 죽여서 배를 가르고 내장을 빼낸 후에 칼집을 내서 기름에 굽고 매운 고춧가루와 양념 등을 얹은 생선구이, 돼지의 발을 잘라 발톱을 빼고 털을 민 후 뜨거운 물에 넣고 몇 시간을 푹 삶아서 건진 다음 칼로 얇게 썰어서 내어온 족발, 태어나자마자 거세한 어린 송아지를 오늘 아침 도축해서 배를 가르고 뼈를 바른 후에 부위별로 날카롭게 잘라내서 얼리지 않고 가져온 소갈빗살. 그 외 등등. 그날부터 모든 음식을 볼 때마다 이런 생각이 들었다.

'이건 무엇을 죽여서 어느 부위를 잘라 만든 것일까?'

그때쯤이었을 것이다. 내가 채식에 관심을 가진 것이. 유명 아이스크림 브랜드인 배스킨라빈스 창업주의 아들로 알려진 존 로빈스가 쓴 『존 로빈스의 음식혁명』을 찾아 읽었다. 존 로빈스는 대표적인 채식주의자로 배스킨라빈스와 같은 아이스크림과

서구식 육류 위주의 식단이 얼마나 우리 건강과 환경에 안 좋은 지를 설파하는 사람이다. 아마도 그의 아버지와는 절교했겠지. 아무튼 그때쯤 이런 이야기를 들었다.

"우리가 먹는 모든 동물은 아프거나 미친 상태로 죽은 것이다."

미국의 공장식 사육을 비판하는 말이다. 일일이 열거하기도 힘들 만큼 우리는 고기를 먹기 위해 동물에게 큰 고통을 주고 있다. (보다 자세한 사항은 『존 로빈스의 음식혁명』을 참고하시길. '이제 그만!' 하고 싶을 만큼 끝도 없는 자료들로 공장식 사육을 비판하고 있다.) 물론 인간 은 오래전부터 동물을 사냥하기도, 또 가축으로 기르기도 하면 서 고기를 먹어왔다. 그런데 지금처럼 공장의 제품처럼 찍어내 듯이 고기를 생산하고 소비한 적은 아마도 없을 것이다. 그렇다 고 내가 고기를 먹지 않느냐. 그것은 아니다. 어쩔 수 없이 먹기 도 하고, 혼자 육식을 끊는다고 얼마나 달라지겠는가 하는 자조 감에 고기 먹는 것을 마다하지 않는다. (다행히도 내가 고기를 좋아하 지도 않고 미식가도 아니어서 그다지 많이 먹을 일이 없긴 하다.)

다만 고기든 생선이든 혹은 어떤 음식이든 간에 내가 살기 위 해 먹지만 적어도 그 음식 앞에서 "우와— 오늘 내가 너를 먹어 주겠어!" 혹은 "오늘은 소 한 마리 잡고 가자!"라는 식의 말은 차 마 못하겠다. 삼겹살집에 가면 가끔 귀엽게 그린 돼지 마스코트 를 곳곳에 붙여놓은 것을 보기도 하는데 그럴 때면 왠지 좀 쑥

쓸해진다. 이곳이 그 돼지들에게는 얼마나 지옥일까? 물론 나도 미각을 가진 사람인지라 음식을 입에 넣으면 맛을 느낀다. 맛을 느끼며 먹으면서도 가끔 그 순간이 아주 약간 참담하게 느껴지기도 한다.

요즘 한창 먹방이 대세다. TV를 켜면 어디든 누군가는 먹고 누군가는 평가한다. 어떤 연예인은 치느님 먹는 법을 알려준다며 닭다리 하나를 통째로 입에 넣고 오물오물하다가 뼈만 발라내는 능력을 선보인다. 또 기력에 좋은 음식으로 살아 있는 문어를 끓는 물에 넣는 연포탕을 소개한다. 기필코 냄비에서 벗어나려고 사력을 다하는 문어의 다리를 냄비에 다시 넣고 뚜껑을 덮는다. 그리고 다시 못 나오게 손으로 누른다.

어느 다큐멘터리에서 열대지방 바닷속에 무수히 많은 열대어 무리를 보여줄 때 나의 아버지는 말한다.

"이야, 저기 횟감 많네."

우리에겐 식당이지만 다른 생명에게는 살육의 현장, 지옥 그 자체다. 때리고 부수고 죽이고 자르는 현장에서 먹고살아야 하기에 나도 그 사체를 먹겠지만 마냥 즐겁지만은 못하겠다. 나의 비루한 몸뚱어리 하나 살리기 위해 열심히 입안에 밥을 넣으면서 둘러본 식당에, 살아 있는 것은 오직 인간뿐이었다.

어느 여름밤
단상

나는 오늘도 일어나 아무렇지 않게 샤워를 시작했다. 얼마나 많은 동물실험을 거쳐 나온 샴푸인지도 모른 채 거품을 내고 머리를 벅벅 씻었다. 샤워를 하다가 느릿하게 날아가는 모기가 보이길래 손을 휘저어 잡았다. 약간의 피가 손에 묻었고 간단히 씻어냈다.

어젯밤 나는 포장마차에서 꼼장어를 잘게 잘라 양념에 무친 것과 계란을 여러 개 깨서 만든 계란말이 몇 조각을 집어먹었고, 집에 돌아와서는 냉장고 속 잘린 수박을 조금 꺼내어 먹었다.

오늘 아침 샤워를 마치고 나와 나는 어묵조림과 아침밥을 먹었다. 이 어묵에는 얼마나 많은 생선이 들어 있을까?

외출 준비를 하면서 소가죽을 벗겨 만든 벨트를 허리에 차고, 양가죽을 찢어 만든 팔찌를 손목에 걸었다.

책방에 도착해서는 멀리 에티오피아에서 온 볶은 커피콩을 갈아서 커피를 내렸다. 그리고 책방으로 배달된 택배를 뜯었다. 택배 상자는 두꺼운 종이로 되어 있었다. 종이는 나무로 만든다. 날이 너무 더워 에어컨을 틀었다. 창밖 실외기는 실내의 열기를 밖으로 뿜어냈다.

며칠 전 쉬는 날에는 광화문으로 나갔다. 마침 점심시간이었는지 많은 사람들이 쏟아져나왔다. 한 시간쯤 산책을 하다 깨달았다. 내가 걷는 내내 인간 이외의 다른 생명을 보지 못했다는 것을. 그곳에는 오직 인간만이 있었다. 점심시간이 끝날 때쯤 한 시간 전과 같이 많은 사람들이 쏟아져나왔다. 배가 불러 있었다. 간혹 오른손에 이쑤시개를 들고 이를 쑤시는 사람도 있었다. 그들의 배 속엔 무엇이 차 있는 걸까?

지금 내 책상 위에는 찻잎을 말린 후 갈아서 봉투에 담은 티백과 작게 자른 나무 속에 석탄을 넣은 연필 자루들이 놓여 있다. 보리를 발효시켜서 만든 맥주의 빈병이 세 박스 쌓여 있고, 포도를 쥐어짜서 만든 와인도 있다.

내 배 속엔 무엇이 차 있는 걸까?

술 예찬

나는 술을 좋아한다. 평소의 입은 짧지만 술을 마시는 입은 길다. 담배는 하지 않는다. 도박이나 게임을 싫어하며, 흔히 음주와 함께 따라오는 가무도 싫어한다. (아니, 못한다.) 쇼핑으로 스트레스라도 풀려고 하면 풀리기는커녕 오히려 쌓이는 스타일이다. 그냥 술만 좋아한다. 오직 술! 종류를 가리지 않고 마시는 편이긴 한데 취하지 않고 맛있게 먹기 위해 만든 술은 좋아하지 않는다. 칵테일은 술로 치지 않는다. 허나 운동을 좋아한다고 해서 꼭 잘하는 것이 아니듯, 술을 좋아하지만 주량이 센 편은 아니다. 소주 세 홉 정도면 알딸딸해지고, 네 홉(2병)을 먹으면 상대방만이 그날 나의 모습을 기억하게 된다.

나는 좋아하는 사람에게는 술을 마시자고 청한다. 맛집은 몰라도 술맛 나는 술집은 안다. 나와 어떤 사람 사이의 관계를 자연스럽고 편안하게 탄생시키는 방법 중 하나가 바로 술자리다.

그 사람의 분위기에 맞는 술집을 정하고 마주앉아 이야기를 나누는 것은 계급장 붙이고 회의실에 앉아 나누는 이야기와는 차원이 다르다. 책방을 하면서 좋은 술친구들도 많이 만났다. 술친구들과 술자리에서 나누는 술맛 나는 이야기가 좋다. 억지로 가면을 씌우는 세상으로부터 탈출했을 때 비로소 자기 본연의 미소를 지으며 술자리에 모여드는 사람들의 모습이 좋다.

내가 아끼는 술맛 나는 술집을 몇 곳 소개할까 한다. 주로 낡고 허름한 집들인데 술은 이렇게 정감 가는 곳에서 마셔야 더 맛이 난다. 막걸리를 먹을 때는 을지로의 '원조녹두'에 간다. 그 근처 'OB베어'라는 맥줏집도 아주 훌륭하다. 두 곳 다 역사 깊은 노포인데 여전히 예전의 방식대로 운영하고 있다.

그리고 이제는 너무 유명해진 공덕시장의 전집. 학창 시절 실컷 술에 취해서 집에 가던 길에 친구와 버스에서 내려 막걸리 한잔 더 하고 가던 추억이 묻어 있는 곳이다.

혼자 가볍게 와인이나 한잔하려면 상수동의 '제비다방'을 찾는다. 단, 공연이 있는 저녁은 매우 혼잡하기에 주로 낮술을 할 때 좋다. 글을 쓰거나 책을 보면서 낮술하기에는 '제비다방' 근처의 '이리카페'도 추천한다. 이 책의 많은 부분도 바로 '이리카페'에서 쓰였다. 혼자 가서 놀기에도 좋은 곳이다.

이제는 대부분 사라졌지만 포장마차도 좋아한다. 우리 책방이 있는 이대역 5번 출구 앞에는 예전 포장마차(말 그대로 천막으로 포장된 노점 술집)가 하나 있다. 가끔 책방에서 맥주와 와인만으로 아쉬울 때는 책방 손님들과 가서 소주 한잔씩 나눈다. 값비싼 양주나 칵테일을 내오는 바 같은 술집은 내 스타일이 아니라서 잘 가지 않는다. 뭐든 폼 잡고 하는 일은 영 나와 맞지 않다.

맥주도 국산 생맥주면 된다. 크래프트 비어니 뭐니 하는 맥주는 잘 모르기도 하고 비싸기도 해서 별로 즐기지 않는다. 어차피 미각이 둔해서 이래 취하든 저래 취하든 매한가지라 오히려 낡고 정감 있는 술집에서 먹는 국산 생맥주를 더 좋아한다. 문래예술창작촌에 있는 '몬스터 박스'나 합정동의 '안티카페 손과 얼굴'은 나와 같이 젊은 사장들이 운영하는 곳인데 공간의 분위기가 우리 책방과도 비슷해서 좋아하는 곳이다.

지금껏 술을 마시면서 별의별 재미난 경험을 많이 했지만 아직 못해본 것이 있다. 이 책을 읽은 누군가와 함께하는 술자리. 책이 마음에 들었든, 당장 불태워버리고 싶었든 상관없다. 같이 이야기 나눌 수 있다면 그 또한 매우 설레는 술자리가 될 것 같다. 만약 어느 술자리에서든 나를 보게 된다면 주저 없이 와서 합석하시라. (물론 내가 환영한다는 보장은 없음.) 그대 빈 잔으로 온다면 소주 정도는 그 잔에 가득 담아드리리.

나는 섹스를 좋아한다

나는 섹스를 좋아한다. (싫어하는 사람, 손?) 우리 사회에서는 별의
별 취향이 다 나눠지고 까발려지고 드러내어지면서 유독 섹스
에 대해서는 금기시한다. 엄연히 성인임에도 "섹스!"라고 하면
"어맛, 얼굴이 붉어지네" 하며 '부끄부끄' 모드를 취하기 일쑤이
고, '나는 아무것도 몰라요' 식으로 두 눈만 껌벅이기도 한다.

나는 그게 좀 의아하다. 영화나 드라마 등 각종 매체에서 사
람을 두들겨 패고 죽이는 장면이 나오는 것은 다반사인데, 그 방
법 또한 매우 잔인하고 악랄하기까지 한데, 스킨십에 대해서는
너무 유치하게 포장되어 있다. 남녀 배우가 입이라도 맞출라치
면 어디선가 클래식 음악이 잔잔하게 깔리고 테이블에는 어느
새 와인이 한잔 놓여 있고 그마저도 입도 제대로 맞추기 전에 카
메라는 사선으로 돌아 스탠드로 향하기 일쑤다. 나 역시 모든
섹스가 그런 줄 알았다. 경험을 해보기 전까지는.

성인이 되어 섹스에 눈을 뜨게 된 시점에 나는 세상 사람들이 너무 놀라워 보였다. 다들 점잖은 척 고고한 척 아침에 집을 나선 사람들도 간밤에 사랑하는 사람과 불타는 밤을 보냈을 테니 말이다. 그러고는 아무 일 없었다는 듯 앙큼하게 다들 출근하는 것이다. 나 역시 그랬으니까. 사랑하는 사이는 정서적으로 교감하고 또 육체적으로도 그만큼 교감해야 한다. 너무나 당연한 이야기다. 남 앞에서는 바지 지퍼만 살짝 내려가도 얼른 뒤돌아 감추는 우리가 연인과는 알몸을 서로에게 내보인 채로 체온을 나눈다. 이 순간에 나는 이전에 느끼지 못한 자유로움을 느낀다. 그리고 그 자유를 나눈 연인과는 다른 누구와도 공유할 수 없는 큰 부분을 함께 나누게 된다.

그런 의미에서 나는 우리 모두가 사랑을 하고 이 사랑의 교감을 정서적으로 또 육체적으로 부족함 없이 나누어야 한다고 믿는다. 그런데 여전히 우리 사회는 유독 섹스에 대해서는 고리타분한 사고방식을 가지고 있다. 엄연한 성인끼리 만나 서로 좋아서 잠을 자든 강강술래를 하든 둘이 좋다는데 뭔 상관이란 말인가. 결혼을 안 하고 섹스를 하든, 어떠한 방식으로 섹스를 하든, 그것에 둘이 만족하면 되는 것 아닌가. 사랑하는 연인들이여, 마음껏 섹스하시라. 그들에게 자유가 있으리니.

섹스를 거창한 무엇인 양 포장하고 의미를 부여하다보니 오히려 상대방의 과거에 집착하게 되고(과거는 알아서 뭐할 건데?), 남자

는 자기 위주의 성경험을 과시하고, 여자는 섹스에 대해 공개적
으로 말하는 것을 어렵게 만드는 사회 분위기가 조성된 것은 아
닐까? 그저 연인 간에 사랑이든 섹스든 자연스럽게 이야기 나눌
수 있어야 하고 그렇게 서로 사랑하는 동안 충만한 교감을 나누
면 된다. 이러한 욕망을 막을수록 오히려 피임과 같은 필요한 정
보가 제대로 공유되지 못하고 원치 않는 임신이라는 문제가 발
생할 수도 있다.

한 사람이 누군가와 사랑에 빠진다는 것 그리고 그 사랑을 바
탕으로 서로 충만하고 자유로운 교감을 나누는 것, 그것은 인생
에서 무엇으로도 대체할 수 없는 경험이다. 나는 우리 사회의 구
성원 모두가 이렇게 충만한 사랑의 경험을 할 수 있기 바란다. 오
히려 이러한 경험에 제약이 많아질수록 억눌린 욕망은 '사랑 없
는 섹스'만 늘어나게 할 것이다. '사랑 없는 섹스'는 공허할 뿐, 빈
껍데기 욕망을 채우는 것 외에 아무것도 채우지 못한다. 물론,
꼭 사랑이 있어야 섹스를 할 수 있다는 것은 아니다. 둘만 괜찮
다면야 어떻게 섹스를 하든 아무 문제없다.

언제부턴가 나는 연인과 섹스를 하는 순간만큼이나 이후 함
께 서로를 안은 채로 맞이하는 나른한 아침의 충만함을 좋아하
게 되었다. 지금 이 순간을 사는 실존주의자로서 사랑을 꺼리
거나 미룰 이유가 어디 있겠는가. 우리, 마음껏 사랑하자. 왜 이

런 말이 있지 않은가. 이 한마디 말에 인생의 모든 진리가 담겨 있다.

아끼다 똥 된다.

피는 물보다 진하다, 그래서 뭐?

우리나라만큼 피붙이에 대한 애착이 큰 사회가 있을까 싶다. 물론 내 배 아파 낳은 자식에 더 애착이 갈 수도 있겠다고 생각되기도 한다. (난 배탈 났을 때 말고 배가 아파본 적이 없으니 함부로 이야기할 수 없겠지만.) 그렇다고 해도 우리 사회만큼 혈연주의가 강한 사회가 있을까? 우리는 유독 '피'에 집착한다. 누구네 집 자식, 특히, 아버지로 대표되는 남성 위주의 가부장적 사고방식으로 관계를 바라본다. '피는 물보다 진하다'라는 섬뜩한 말이 강고한 혈연주의를 함축한다.

정말 피는 물보다 진한가? 피가 물보다 정말 그렇게 진하다면 모든 피붙이에 대한 마음이 같아야 하지 않나? 우리 사회에서는 같은 피를 가졌더라도 오히려 물보다 인정 못 받는 '피'도 있다. 물보다 진한 '피'를 가지려면 사회에서 인정받는 결혼을 하고 양가의 부모도 흐뭇해하는 상황에서 태어나야 한다. 만약 (이건 어디까지나 가정이다) 결혼 전에 계획에 없이 생긴 아이에 대해서는

"지우라"는 말을 뱉을 수 있으면서 결혼 후에 가진 아이에 대해서는 손자 손녀라며 죽고 못 사는 할아버지 할머니가 있다면, 그게 악마가 아니고 무엇일까. 너무 과한 생각일까?

그렇다면 이런 관점에서 보면 어떨까. 우리나라는 지난 65년간 전 세계에서 가장 많은 아이를 해외로 입양 보낸 나라다. 전 세계 1위! 아이 수출 1위! 피붙이 수출 1위! 6·25전쟁 이후인 1954년부터 2017년까지 전 세계 해외 입양 아동의 무려 40%(20만 명)가 바로 위대한 대한민국에서 외국으로 보낸 아이들이다. 정말 독보적이지 않은가? 전 세계 전체 입양 아동의 40%! 이러한 사실을 떠올릴 때마다 가끔 서글퍼지곤 한다. 아이들이 좋아하는 메뉴가 가득한 식당에서 맛있는 음식을 자기 새끼라며 입에 넣어주고는 행복해하는 할아버지와 할머니, 혹은 그들의 부모를 보면서 과연 피붙이가 뭘까 하는 생각을 해보기도 한다.

그렇다면 우리는 왜 그렇게 많은 피붙이 아이들을 머나먼 타국으로 떠나보내는가. 조금 관점을 바꿔서 이야기해보고자 한다. 우리 사회에서는 환영받는 피붙이가 있는가 하면 입양을 보내도 '되는' 피붙이들이 있는 것이다. 원치 않는 임신, 준비되지 않은 상태에서 생긴 아이, 이런 상황에서 태어나는 아이들은 이 혹독한 헬조선 사회에서 가정이라는 울타리의 보호를 받거나 가족의 사랑마저 받기 어렵다. 그러니 이 아이들은 안타깝게도 같은 피를 지니고도 물보다도 진한 대우를 받지 못한다.

아이를 낳고 기르는 것은 사회적으로도 매우 중요하고 한 인간으로서도 인생에서 대단히 소중하고 특별한 경험이라는 것에 동의한다. 그러니 그만큼 아이를 낳아서 기를 수 있도록 사회구조적으로 준비가 되어 있어야 한다.

현재 우리나라의 사회구조상 아이를 낳아 키우는 것은 매우 어렵다고 한다. 경제적으로도 어려울 뿐 아니라 (특히) 여성들에게 경력 단절과 같은 숙제를 남긴다. (이 대목에서 소위 꼰대들은 "애들은 그냥 낳아놓으면 알아서 커"라고 말한다. 그런 말 할 거면 자기가 좀 키워주든가!) 이러한 숙제들에도 불구하고 아이를 낳겠다고 결심하고 함께 어려움을 헤쳐나가고자 하는 커플들은 당연히 응원받아야 하며 원하는 대로 건강하고 행복한 아이를 낳아 키우기를 나 역시 진심으로 바란다.

하지만 이러한 준비나 결심이 서지 않은 상황에서 여성이 아이를 갖게 되는 경우가 있다. 우리 사회는 성에 대해 소극적이고 폐쇄적이기 때문에 관련한 지식이나 올바른 정보가 제대로 교육되지 않는다. 성교육은 그저 형식적일 뿐이고 부모는 어린 자식에게 "나는 어떻게 태어났어?"라는 물음에 멋쩍어하며 "엄마 아빠가 손 꼭 잡고 자서 생겼지"라고 답한다. 물론 그들의 눈높이에 맞춰 제대로 교육하는 부모도 있으리라 믿는다. 허나 대체로 우리 사회에서 남녀 간의 성관계 그리고 임신 등에 대해 공론

화하지 않은 채 개인의 영역으로 묻어두기 일쑤다.

　한창 성에 눈을 뜨는 시점의 청소년들은 몰래 보는 성인 잡지나 야동을 통해 잘못된 성지식을 접하기도 하고 왜곡된 성관념을 갖게 된다. 실제로 "나는 몇 명이랑 자봤다!"라고 자랑하는 남자들은 많아도 "남녀의 생식기관에 대해 제대로 알아"라거나 "적절한 피임법을 알고 매번 철저히 피임을 한다"라고 자랑하는 친구는 본 적이 없다. 피임에 대해 제대로 공부한 적이 없으니 자연히 피임을 제대로 못할 수밖에! (공부를 안 하는데 성적이 나올 리가 있나!)

　청소년기를 지나 심지어 성인이 되어서도 성관계를 맺으면서 제대로 피임을 하지 않아 임신을 하게 되는 경우도 많다. 그렇다고 이들이 아이를 낳았을 때 사회적으로 환대받는 분위기도 아니다. 하물며 미성년자일 경우는 더욱 냉대를 받는다. (여기서 아이의 아버지, '남자'는 논점에서 사라지기 마련이다.) 때때로 우리는 뉴스에서 아이를 화장실 변기에 낳아 버린 소식을 접하고는 끔찍하다며 혀를 찬다. 어린 생명을 버린 비정한 엄마도 물론 비난받아야 하겠지만 우리 사회가 갖고 있는 가부장적 시선도 비판받아야 마땅하다. 남녀가 서로에게 호감을 갖고 성관계를 얼마든지 가질 수 있다는 것을 인정하고, 또한 이것이 지극히 자연스러운 것임을 인정하고, 그 사이에서 원치 않는 임신을 하지 않도록 제대로 교육해야 하지 않나?

그리고 임신의 책임을 여성에게만 강요할 것이 아니라 반드시 남성에게도 같은 책임을 지워야 한다고 생각한다. 과학기술도 좋아졌다면서. DNA 유전자 실험을 통해서라도 아이의 아버지를 밝힐 수 있지 않나? 그렇게 강조하던 '물보다 진한 피'는 왜 여기서 등장하지 않는 것인가. 이 대목에서 여전히 우리나라에 낙태죄가 존재한다는 것에 안타까운 마음을 금할 수 없다.

나는 (행복이란 단어를 좋아하진 않지만) 그래도 어머니가 행복한 가정에서 행복한 아이가 태어나는 사회를 꿈꾼다. 그러기에 '피는 물보다 진하다'와 같은 혈연주의적 사고만을 강요하기보다는 남성과 여성이 스스로 준비가 되었을 때 원하는 방식으로 아이를 가질 수 있도록 사회가 지원해야 할 것이다. 특히 우리는 누구나 자신의 신체에 대해 결정권을 가져야 하며, 낙태 또한 여성의 권리로서 당연히 합법화되어야 한다. '피붙이'를 낙태한다는 게 그렇게 걱정되고 보기 싫다고 한다면 지금부터라도 원치 않는 임신을 하지 않도록 피임 교육이나 제대로 하자고 말하고 싶다. 특히 이 땅의 남자들에게.

멘토는 가라

언제부턴가 멘토라는 말이 많이 들린다. 급기야 이 단어는 오늘의 날씨, 버스, 커피처럼 흔한 말이 되었다. 그런데 나는 멘토라는 말을 들으면 속이 메스껍고 코가 간지럽다. 이것은 아마도 제대로 된 멘토를 보지 못해서일 것이다.

누구나 자신의 일 혹은 그 분야에서 더 성장하기를 바라고, 더 나은 삶을 살기를 바란다. 그러기 위해 우리보다 먼저 더 나은 성공(이라고 불리는 것)을 달성한 사람들의 이야기에 귀기울인다. 그런데 그런 이야기 듣는다고 성공하려나. 나는 잘 모르겠다. 아마도 책방으로 성공했다는 사람이 없어서 그런 것인지, 내가 성공은커녕 실패나 안 하면 다행인 삶을 살아서 그런 것인지. 아무튼 가끔 멘토라고 나온 사람들의 이야기를 듣고 있노라면 어딘지 모르게 어제 먹은 저녁이 아직도 목에 걸린 듯한 느낌을 지울 수 없다.

우선 성공이 뭔지를 잘 모르겠다. 어느 누가 사업을 해서 큰돈을 벌었다고 치자. 성공을 떠나 큰돈을 번 것은 사실이다. 누군가는 그것을 좋게 볼 것이고 누군가는 다르게 보겠지만, 그건 각자 자유이고. 그럼 그 큰돈을 어떻게 벌었는지 그 '멘토'는 정확히 알고 있을까? 이 세상에 어떤 일이 벌어지는 데에는 수만 가지의 요소들이 작용하고, 그 안에는 인간의 의도로 어찌할 수 없는 숱한 상황적 요소들이 포함된다. 한마디로 운도 엄청 작용한다는 것이다. 그 사람이 살아온 인생을 그대로 본떠서 똑같이 산다고 한들, 그 사람과 같은 결과가 나올 리 없을 것이다. 아마 그 사람이 다시 그렇게 한다고 해도 마찬가지일걸?

무라카미 하루키는 규칙적인 생활을 하는 작가로 유명하다. 다른 작가들과 그다지 교류하지도 않고 혼자 마라톤을 하고 야채샐러드 엄청 먹고 가끔 맥주를 즐긴다고 한다. '나도 하루키 같은 작가가 되어야지'라는 마음으로 아침부터 글을 쓰고 마라톤을 하고 (꼭 풀코스로 하시길) 야채 엄청 먹는다고 하루키 같은 작가가 될까? 하루키는 그냥 하루키여서 하루키가 된 것이다. 하루키가 그저 저런 것들을 좋아할 뿐이다. 그러므로 "이렇게 하면 저렇게 됩니다"라는 식의 정답을 말하는 멘토가 있다면 나는 '이 사람 가짜구나' 하고 가차없이 귀를 닫는다.

그리고 내가 들어본 강연 중 어느 멘토도 자기 자랑으로 빠지지 않은 적이 없다. 이야기를 가만 듣고 있노라면 결국 "내가 이

만큼 어려운 일을 해냈다", "내가 해봐서 다 안다"라는 식의 자기 자랑으로 이어지기 일쑤였다. 그럴 때마다 남는 것은 없고, 원치 않은 자기 자랑만 실컷 듣고 온 탓에 시간만 아까웠다. 그 이후로 나는 스스로를 '멘토'라고 지칭하는 사람들을 과감하게 거른다.

멘토 이야기가 나와서 말인데 요즘 일반인들이 나와서 자신의 이야기를 들려주는 강연 프로그램들이 있다. 나 또한 종종 찾아보기도 하는데 때때로 유익한 강연도 많다. 그런데 가끔 보기에 불편한 경우도 있다. 이를테면 평생을 성실하게 일하고서 퇴직 후에 또다시 직업을 얻기 위해 20대들과 경쟁해서 자격증을 따고 기술직으로 살아간다는 60대의 이야기 같은 것이다. 만약 내가 같은 상황이라면, 또 그런 강연 기회가 주어진다면 오히려 욕지거리를 시원하게 하고 내려올 것 같다. 내가 평생을 근면하게 일을 했는데 30년 동안 일을 하고도 또 일을 해야 하느냐고. 그것도 한창 젊은 20대 청년들하고 경쟁을 해야 하느냐고. 오히려 나라면 그렇게 한탄이든 푸념이든 했을 것 같다. (물론 그 어르신 당신 스스로는 즐겁게 일하고 계실지 모른다. 다만 내가 그 상황이라고 가정을 해본 것이다.)

그런데 이런 멘토 혹은 강연 프로그램이 나를 더 열받게 하는 것은 연출 방식에 있다. 내가 우연히 봤던 강연 프로그램에 나온 분은 사무직으로 평생 일하다가 퇴직 후 난생처음 기술을 배워 일을 하는 분이었는데 심지어 작업복을 그대로 입고 무대에 올랐다. 굳이 그래야 할 필요가 있었을까? 열정을 갖고 근면하게 자기 삶을 꾸리는 것은 존중받고 박수받아 마땅하지만 반대로 평생 일하고 노후를 편히 쉴 수도 있어야 하지 않나? 취미로 일하는 게 아니라 정말 생계가 어려워 기술이라도 배워야 하는 거라면 강연에서 "나는 제2의 삶을 찾아 행복합니다"라기보다 "평생 일해도 쉬지 못하는 우리 사회가 제대로 된 겁니까?"라는 의문을 던져야 하지 않나? 괜히 힘들게 쉬지도 못하고 일하는 분을 무대에 올려 값싼 박수와 위로만 던지는 것은 아닐까?

강연 프로그램의 불편한 예시는 또 있다. 이런 강연 프로그램에서 가장 잘 팔리는 메뉴는 소위 '꿈'을 찾은 사람의 성공 스토리다. 이 성공 스토리가 완성되기 위해서는 우선, 잘나가는 직장을 다니던 한 사람이 등장해줘야 한다. 그러나 그 사람은 본래 자신의 '꿈'이었던 무언가(이를테면 댄서가 되는 것이라거나, 요리사가 되는 것이라든가, 나만의 카페를 여는 것 등등을 말한다)를 하기 위해 잘나가던 직장을 때려치운다. 그러고는 자기가 하고 싶던 일을 시작한다. 여기까지는 별문제가 없다. 나는 자신이 하고 싶은 일을 하기 위해 잘나가던 직장이든, 돈이든, 사람이든 무언가를 포기할 수 있다고 본다. 결국 51 대 49의 저울질을 통해 그 사람은 51의 만족을 선택한 것이니까.

그러나 보통 강연은 여기서 끝나지 않는다. 그 사람이 하고 싶은 것을 선택해서 했더니 유명한 댄서가 됐다거나, 큰 호텔 요리사로 발탁되었다거나, 나만의 카페가 너무 잘돼서 100호점을 냈다는 결론으로 마무리된다. 결국 하고 싶은 '꿈'을 찾아 잘나가던 직장을 때려치웠더니 돈도 더 잘 벌고 일도 즐거운, 모든 것이 행복한 삶을 찾았다는 동화 같은 해피엔딩으로 마무리된다. 대체 왜? 49를 포기하고 51을 선택한 것만으로도 그 사람은 이미 더 큰 만족을 선택한 것이기에 돈은 좀 적게 벌고 주변의 따가운 시선을 받더라도 괜찮은 것이다.

그런데 하고 싶은 51을 선택했더니 49마저 따라와서 100을 얻게 되는 '완벽한' 꿈의 달성을 이야기한다. 그렇게 되면 오히려 정작 돈은 별로 필요 없고 그저 하고 싶은 것을 하고 싶은 사람들에게 도움이 될 리 없지 않은가. 만약 댄서가 되고 싶어서 대기업을 그만두려고 하면 다들 이렇게 말할 테니까.

"그래, 네가 꿈을 찾아가는 거니까 언젠가 꼭 유명한 댄서가 돼서 최고의 자리에 서길 바랄게."

이런 말을 들으면 누구라도 가슴에 품었던 사직서를 고스란히 쓰레기통으로 버리게 되지 않을까.

다시 '멘토' 이야기로 돌아가, 내가 생각하기에 인생의 작은 무언가라도 겪고 이해한 사람들은 이 세상에 정해진 답이란 없다고 말한다. 애초에 삶에 정답이란 것은 없으며 그나마 나은 답을 찾기 위해선 끊임없이 질문을 던지는 것이라는 것, 그게 인생의 전부라는 것이다. 그래서 나는 '멘토'가 아니라 결국 '함께 질문을 던지는 사람'이 더 도움이 된다고 믿는다. 인생의 기로에서 각자가 가진 고민을 보다 구체화하고 자신의 방향을 잡을 수 있도록 함께 질문을 던져주는 사람. 나는 넘쳐나는 멘토의 시대에 오히려 질문을 강조하고 싶다.

있지도 않은 답을 남발하는 사람을 주의하시라. 어차피 그들도 답을 모를 것이니. 그저 끊임없이 묻기를 멈추지 말라고 응원하는 사람의 말이 훨씬 도움이 될 것이다.

그냥, 하지 마

내가 좋아하는 소설가 중에 찰스 부코스키라는 사람이 있다. 1920년대 독일에서 태어나 어릴 적 미국으로 건너가 우체부, 일용직 등의 일을 전전하다 쉰 살이 다 되어서야 출판사의 제안으로 글을 쓰게 된 특이한 이력의 작가다. 그는 거의 매일 술을 마시고 경마장에서 경마를 하며 지냈다. 그의 책에 보면 숱한 여자들이 등장하고 그녀들과 주인공은 어떠한 제약이나 선입견 없이 자유롭게 연애하고 섹스하고 또 헤어진다. 그의 글을 보면 어떻게 이렇게 솔직할 수 있을까 하는 생각이 들 정도로 거침이 없다. 나는 그것을 용기라고 부르며, 이렇게 용기 있는 사람들을 좋아한다. (가식과 위선으로 가득찬 세상에서 자기를 속이지 않고 거짓말 안 하고 사는 것만으로도 대단한 용기 아닌가.)

찰스 부코스키는 1990년 중반에 사망하는데 그의 묘비명은 다음과 같다.

Don't try.

해석에 따라 다르긴 하겠지만 대체로 '애쓰지 마라'라고 우리 말로 번역한다. 그런데 나는 그의 삶과 글을 보면 이렇게 번역해야 옳다고 생각한다. "그냥, 하지 마."

그렇다. 애초에 삶이란 아무 의미도 없다. 무의미 그 자체. 이것부터 인정해보자. 그럼 순간 멍해지기도 하고 새로운 게 보이기도 할 테니까. 무엇을 꼭 해야 할 것도 없고, 행복도 없고, 의미도 없다. 운명이란 것도 없으며 삶이란 것도 우연히 툭 하고 내 앞에 떨궈진 것일 뿐이다. 죽음도 물론 그렇게 찾아오겠지. 허무한가? 처음엔 조금 허무할 수도 있는데 나는 오히려 이런 생각을 할 때면 옅은 미소 같은 게 지어진다. 어쨌든 지금 이 순간에는 살아 있으니까.

그런데 뭘 할 필요도 없다고 하지 않았나? 그러니 자유롭지 않나? 찰스 부코스키의 글에는 이러한 삶의 무의미, 허무의 감정이 잘 드러난다. 그렇다고 저 술꾼 소설가가 매일 축 처져서 지냈으리라는 예상은 하지 말기를. 그 누구보다 술도 많이 마시고 욕도 많이 하고 또 여자는 얼마나 밝혔는지. 그는 그렇게 살다가 그렇게 죽었다.

무의미를 깨달으면 우리는 아무것도 안 할 것 같지만 오히려 그때부터 무언가를 하게 된다. 나의 경우에도 삶이란 공허한 것이라는 생각을 하게 된 직후에는 '의미도 없는 삶 살아서 무엇 하리' 같은 '중2병'스러운 고민을 했으나 '어차피 살아 있는 것 굳이 뭣하러 죽으리'와 같은 미약한 삶의 긍정으로 돌아섰다. 찰스 부코스키의 묘비명 'Don't try'도 나는 이렇게 읽힌다. "다 무의미하니 그냥, 하지 마." 이게 바로 우리 술꾼 부코스키 선생의 철학인데 그 말 속에는 '그러니 이 무의미 속에서 너가 하고 싶은 걸 해보든가, 아님 말든가' 정도의 쿨내 진동하는 응원이 담겨 있다.

이와 비슷하게 내가 자주 쓰는 말이 있다. "그냥, 때려치워." 누가 자기 일이나 현재 상황에 대해 푸념이라도 할라치면 나는 말한다. "그냥, 때려치워." 반쯤은 우스개로 하는 말이기도 한데, 어차피 그만둘 사람은 그만두지 말라고 해도 그만둘 것이고, 그만두지 않을 사람은 아무리 그만두라고 해도 그만두지 않을 테니 내가 할 수 있는 말이라고는 "네 멋대로 해" 혹은 "그냥, 때려치워"이다.

모두가 "더 해봐", "너도 할 수 있어"라고 외치는 이 과잉 긍정의 세상에서 "그냥, 하지 마"라고 말할 수 있는 사람이 난 더 좋다. 그게 오히려 삶을 그저 성공을 위해 불태워야 하는 연료 정도로 바라보는 시선보다 더 인간적이다. "성공? 그거 해서 뭐해? 그냥 하지 마." 찰스 부코스키의 글을 읽으면 이런 시선이 느껴진다. 그의 글이 궁금한 분들은 책을 찾아보기를 바란다.

흘러가는 '현재'를 느끼며

"책방 언제까지 하실 건가요?"

책방에서 인터뷰를 하면 말미에 이런 질문을 받곤 한다. 그럴 때면 나는 이렇게 답한다.

"하고 싶을 때까지요. 지금은 책방 하는 게 좋으니까 하고 있지요. 언제든 하기 싫어지면 그만둘 겁니다. 1년 뒤에도 이 책방을 계속하고 있다면 '아직도 책방이 재미있나보다'라고 생각하시면 돼요. 저는 제가 하고 싶을 것을 할 수 있는 자유를 갖는 게 삶에서 가장 중요하다고 생각합니다. 지금 하고 있는 일은 제가 제일 하고 싶어서 하는 일일 것이고, 1년 후에 제가 하는 일은 제가 그때 제일 하고 싶은 일이었으면 합니다."

어차피 태어난 삶이라면, 또 아무런 목적이나 계획 없이 주어진 삶이라면 가능한 충만하게 즐기고 싶다. 즐긴다는 것이 마냥 놀고먹는 것이 아니라 내가 하고 싶은 것들을 자유롭게 선택하면서 사는 삶을 말한다. 그래서 나라는 사람의 지금 모습이 내가 가장 원하는 모습이었으면 한다. 내가 지금 하는 일은 가장 재미있어서 선택한 것이고 내가 만나는 애인은 지금 가장 사랑하기 때문에 만나는 것이다.

사람이 살면서 좋아하는 일만을 하고 살 수 없다는 것, 나도 안다. (그걸 누가 몰라!) 그러나 살기 위해 해야 하는 하기 싫은 일들을 아주 예민하게 따져보고 꼭 해야 하는지를 살피고 결정할 것이다. 실상 삶에서 필요도 없는 일들을 사회가 강요한다고 해서 억지로 할 마음은 전혀 없으니까. 누군가 욕을 하더라도 할 수 없다. 나는 매 순간 나로서 살아 있을 것이다.

흔히 시간을 차곡차곡 쌓는 벽돌 쌓기처럼 인식한다. 그러나 나는 시간이란 그저 흐르는 강물이라고 생각한다. 그 강물 어느 한 지점에 나는 막대기를 꽂은 채 끊임없이 흐르는 물살을 스쳐보낼 뿐이다. 그것이 시간이고, 나는 나를 스쳐가는 물살, 즉 현재만을 느낀다. 붙잡을 수도, 묶어둘 수도 없다. 지나간 과거는 벽돌처럼 쌓여가는 것이 아니라 흘러간 강물처럼 스쳐지나간 기억으로만 남아 있는 것이다. 따라서 인생이 짧은 것이 아니라 음미할 수 있는 현재가 짧을 뿐이다. 죽는 순간에도 우리는 현재를 살고 있는 것이다. 진부하게 "현재를 살아라(카르페디엠)!"

따위의 말을 하려는 것이 아니다. 현재를 사는 것은 우리가 선택할 수 있는 것이 아니라 그렇게밖에 할 수가 없기 때문이다.

다시 올 수 없는 '현재'들을 흘려보내며 나는 이 책을 썼다. 하고 싶어서 선택한 일이었고, 그 과정에 나의 흘러간 '현재'들이 이 책에 담겨 있다. 이 책이 누군가의 다가올 '현재'를 조금 더 실감나게 해준다면 나의 흘러간 '현재'들을 기꺼이 바친 의미가 있을 것이다.

한번 까불어보겠습니다

: 어차피 나와 맞지 않는 세상, 그냥 나답게!

| 초판 1쇄 인쇄 | 2018년 9월 3일 |
| 초판 1쇄 발행 | 2018년 9월 10일 |

| 지은이 | 김종현 |

편집장	김지향
책임편집	박선주
편집	이희숙 김지향
모니터링	이희연 윤두열
디자인	최정윤
마케팅	최향모 강혜연 이지민
제작	강신은 김동욱 임현식
홍보	김희숙 김상만 이천희
관리	윤영지

펴낸이	이병률
펴낸곳	달 출판사
출판등록	2009년 5월 26일 제406-2009-000034호
주소	10881 경기도 파주시 회동길 455-3

| ✉ | dal@munhak.com |
| 🐦🏠ⓕ🅞 | dalpublishers |

| 전화번호 | 031-8071-8683(편집) 031-8071-8670(마케팅) |
| 팩스 | 031-8071-8672 |

| ISBN | 979-11-5816-084-5 03810 |

● 이 도서의 국립중앙도서관 출판예정도서목록(CIP)은 서지정보유통지원시스템
홈페이지(http://seoji.nl.go.kr)와 국가자료공동목록시스템(http://www.nl.go.kr/kolisnet)
에서 이용하실 수 있습니다. (CIP제어번호 : CIP2018025191)